Viktor Pelevine est né en 1962, à Moscou. Il connaît une carrière littéraire fulgurante, salué par le *Times Literary Supplement* comme l'un des meilleurs écrivains satiriques de la nouvelle génération d'auteurs postsoviétiques. Il est l'auteur de plusieurs romans et récits, dont *Un monde de cristal* et *Homo zapiens* qui a obtenu le prix Richard-Schönfeld (Allemagne, 2001) et le prix Osterfestspiele Salzburg (jury Nonino, 2001).

Viktor Pelevine

LA VIE
DES INSECTES

ROMAN

*Traduit du russe par Galia Ackerman
et Pierre Lorrain*

Éditions du Seuil

TEXTE INTÉGRAL

TITRE ORIGINAL
Jizn nassekomykh
PREMIÈRE PUBLICATION
revue *Znamia*, n° 4, 1993

ISBN 978-2-02-032446-5
(ISBN 2-02-020799-0, 1ʳᵉ édition)

© Éditions du Seuil, mai 1995, excepté pour la langue russe,
et septembre 1997, pour la présentation

Le Code de la propriété intellectuelle interdit les copies ou reproductions destinées à une utilisation collective. Toute représentation ou reproduction intégrale ou partielle faite par quelque procédé que ce soit, sans le consentement de l'auteur ou de ses ayants cause, est illicite et constitue une contrefaçon sanctionnée par les articles L335-2 et suivants du Code de la propriété intellectuelle.

PRÉSENTATION
PAR GALIA ACKERMAN

Les insectes sont actuellement à la mode, en témoignent le best-seller en trois volumes de Bernard Werber sur les fourmis comme l'énorme succès de *Microcosmos* avec ses images époustouflantes du « peuple de l'herbe ». Mais le roman de Viktor Pelevine n'est pas du tout destiné à nous faire mieux comprendre cet univers étrange. Tous les personnages de *La Vie des insectes* sont à la fois des insectes et des humains, et le passage aussi vertigineux qu'incessant d'un avatar à l'autre jette sur le monde un éclairage insolite et neuf, révélant l'essence cachée du quotidien qui nous environne.

Qui sont ces personnages ? Trois moustiques, un couple de fourmis et leur fille qui choisit d'éclore sous la forme d'une mouche, deux scarabées père et fils, un phalène et son mystérieux double, une cigale qui se mue en cafard par conformisme, deux punaises... Le roman constitue un enchevêtrement d'histoires largement indépendantes, liées essentiellement par l'unité de lieu et de temps, mais aussi par les incidences que la vie des uns peut avoir sur celle des autres.

Ainsi, une fourmi femelle ailée, descendue du ciel sous l'aspect d'une jeune femme en chemisier, jupe en jean et chaussures à talons aiguilles, et répondant

I

au prénom de Marina, écrase inopinément un père-scarabée alors même qu'il initiait son fils aux arcanes d'une doctrine égyptienne. La mouche verte Natacha fait l'amour avec le moustique américain Sam sur une plage déserte : dans cette scène tous deux sont humains, et Natacha tue par inadvertance un copain russe de Sam, un autre moustique qui la pique sur la cuisse. Mais, plus tard, Natacha à son tour mourra tragiquement, engluée sur le papier tue-mouches pendu au plafond d'un restaurant.

On navigue constamment entre la dimension humaine et celle de l'infiniment petit, ce qui remet d'emblée en question notre propre place dans l'univers. Lorsque le dealer et artiste postmoderne Maxime se planque dans une canalisation pour fumer son hasch et se retrouve, en tant que punaise, aspiré lui-même dans un joint, sur le point de mourir il s'adresse à Dieu :

— *Dieu ! Pourquoi cette punition ? chuchota-t-il.*

Une voix tonitruante et en même temps cordiale sortit du trou par où était aspirée la fumée.

— *Crois-tu que je te veuille du mal ?*

— *Non ! cria Maxime, en se pressant contre le béton pour se protéger de la chaleur brûlante qui l'enveloppait. Je ne le pense pas. Dieu, pardonne-moi !*

— *Tu n'as commis aucune faute, tonna la voix. Pense à autre chose.*

Or, ces paroles ne sont en réalité que des bribes d'une conversation entre Sam et Natacha en train de fumer à tour de rôle ce joint, qui leur a été donné par un mystérieux Cavalier Noir sorti de l'image d'un paquet de cigarettes.

Ce jeu de chaises dimensionnelles, qui a toujours fasciné les scientifiques et les auteurs de science-fiction, est à la fois troublant et captivant. N'est-il pas naturel que des « sangsues » capitalistes soient, tout aussi véridiquement, des moustiques en train de créer une *joint-venture* russo-américaine exportant le sang de lumpens alcooliques de Crimée ? Que des fourmis rouges mâles dotées de mandibules terrifiantes soient des guerriers, en l'occurrence des officiers de l'Armée rouge ? Ou qu'un phalène-philosophe, lecteur de Marc Aurèle, conversant avec son alter ego (un phalène également) de la nature de la lumière et de ses peurs existentielles, puisse se transformer en une luciole, émanation de lumière ?

Dans ce monde où rien ne semble impossible, la larve de cigale mâle Serioja creuse le sol pour s'envoler un jour et émettre son chant strident. Serioja creuse opiniâtrement dans l'obscurité, y déterrant tous les décombres de sa vie quotidienne, émigre souterrainement aux États-Unis, qui ne diffèrent guère de son pays natal, à l'exception d'une chasse d'eau télécommandée, et finit, débouchant enfin à l'air libre, par voler vers le Paradis, c'est-à-dire la mort. La fourmi mâle Nicolas s'adonne aussi à cette activité fouisseuse qui caractérise beaucoup d'insectes. Mais le tunnel qu'il creuse vers le trou où la femelle Marina gît, dans l'attente d'une fécondation, relie en fait une station balnéaire ensoleillée dans la Crimée de l'époque postcommuniste (où se déroule toute l'action) à une sorte de Shambhala, non plus bouddhique, mais soviétique, au sein de la nuit polaire de Magadan. Dans cette ville-fourmilière mystique, source éternelle du soviétisme, le temps est figé : on y va au « Théâtre militaire d'opéra de Magadan, décoré de l'ordre de la révolution d'Octobre », et la presse vante la cruauté et le sadisme du prototype de l'écrivain soviétique pour la jeunesse qu'était Arkadi Gaïdar.

On décèle chez Pelevine des réminiscences de la

pensée bouddhiste, comme la quête de la lumière et de l'illumination, la multiplicité des mondes ou la réincarnation. Mais son livre est aussi et surtout une satire burlesque et cinglante de cette réalité paradoxale et plutôt nauséabonde qu'est la société postcommuniste à peine éclose de sa chrysalide soviétique, une société où un habile moustique organise une collecte de sang auprès d'une population affamée, où des femelles fourmis sont prêtes à s'entre-tuer pour quelques fruits pourris, où des jeunes filles qui sont autant de « mouches à merde » rêvent de l'Amérique, car il y a beaucoup d'excréments là-bas, tout cela sur un fond sonore de rock assourdissant et de prédicateurs américains diffusés par haut-parleurs.

Une plume moins précise que celle de Pelevine pourrait s'égarer dans la mise en scène de cette réalité en abyme. Mais l'auteur de *La Vie des insectes* possède une rare capacité à concrétiser ses imaginations les plus délirantes en images quasi cinématographiques.

Sam sentit que son suçoir se redressait sous les pattes agiles de Natacha et, pâmé, il regarda son visage. Une longue langue foncée pendait sur son menton et son extrémité velue se divisait en deux petites excroissances. Elle frémissait d'excitation, tandis que roulaient sur elle les gouttes vert foncé d'une sécrétion épaisse.

– Eat me, chuchota Natacha, en tirant les longues antennes rugueuses qui saillaient derrière les yeux de Sam.

Avec un gémissement vrombissant, il enfonça son suçoir dans la chitine verte de son dos, qui craqua.

Cette description d'une scène érotique provoque un certain sentiment de malaise, mais, en fin de compte, les ébats amoureux des humains ne susciteraient-ils pas quelque chose d'approchant chez un extraterrestre ou même chez un chien observant ses maîtres ?

Drôlerie et féroce sens de l'humour, dégoût pour la laideur du monde communiste et postcommuniste, acuité philosophique, servis par une écriture picturale et une connaissance approfondie de l'entomologie (un clin d'œil à Nabokov ?), font de ce roman, qui parodie sarcastiquement La Fontaine et son homologue russe Ivan Krylov, une œuvre parfaitement originale, une succession de paraboles qui confronte le lecteur aux paradoxes de l'existence humaine.

Auteur de deux romans et de plusieurs nouvelles traduits en une bonne dizaine de langues étrangères, Viktor Pelevine, ingénieur aéronautique de formation, est un mordu de l'informatique et un maître de la réalité virtuelle, familier de l'univers des philosophies orientales. À 35 ans, il est certainement le plus novateur des écrivains russes contemporains.

Je suis dans mon jardin. La lanterne m'éclaire. Ni domestique, ni visite, ni amie. Point de forts de ce monde, ni de pauvres hères, Seuls les insectes bourdonnent en harmonie.

Joseph Brodski.

1

La forêt russe

Le corps principal du centre de vacances, voilé de peupliers et de cyprès, était un édifice gris et sombre qui tournait le dos à la mer, comme s'il obéissait aux ordres d'un tsarévitch Ivan cinglé. Sa façade à colonnes, couverte d'étoiles écaillées et de gerbes pliées à jamais par une rafale de vent de plâtre, s'ouvrait sur une cour étroite où odeurs de cuisine, de buanderie et de salon de coiffure se mêlaient, alors qu'un mur presque aveugle, percé de deux ou trois fenêtres, donnait sur la promenade. Face à la colonnade, à quelques mètres d'elle, s'élevait une enceinte de béton ornée d'une fresque : une perspective infinie de cheminées de centrales électriques reflétait les rayons du soleil. Les hautes portes solennelles de l'entrée principale, cachées dans l'ombre d'un balcon cyclopéen (ou plutôt d'une terrasse), étaient condamnées depuis tellement longtemps que la fente entre les battants disparaissait sous plusieurs couches de peinture. La cour était d'habitude déserte. Seul le camion qui venait de Feodossia pour livrer le pain et le lait s'y frayait parfois un chemin prudent.

Mais, ce jour-là, il n'y avait pas de camion dans la cour et nul ne pouvait voir le citoyen accoudé à la balustrade sculptée du balcon, à l'exception peut-être d'un couple de mouettes en patrouille, suspendues bien haut dans le ciel.

L'homme regardait en bas et à droite, en direction du toit d'une baraque de location de canots où pendait le pavillon d'un haut-parleur. Quand le vent soufflait en direction du centre de vacances, on pouvait entendre, malgré le roulement de la mer, des bouts de phrases adressées à la plage vide.

– Pas identiques... n'ont pas été créés selon la même mesure...

– ... nous a créés différents : contrairement aux plans éphémères des hommes, n'est-ce pas une partie d'un grand dessein conçu pour de longs...

– ... qu'attend de nous le Seigneur qui nous regarde avec l'espoir que nous saurons utiliser ce don ?

– ... Il ignore Lui-même le destin des âmes qu'Il a envoyées...

Des accords d'orgue retentirent. La mélodie était majestueuse bien qu'interrompue régulièrement d'un « oump-oump » mystérieux. D'ailleurs, il était difficile de prêter vraiment l'oreille car la musique dura peu de temps et fut de nouveau remplacée par la voix du présentateur :

– Vous venez d'écouter une émission du cycle spécialement préparé pour la radio soviétique et produit par l'organisation américaine de charité *Les Fleuves de Babylone*... tous les dimanches... à l'adresse : *La Voix du Seigneur*, Bliss, Idaho, USA.

Le haut-parleur se tut, et l'homme plia son index.

– Bon, murmura-t-il. C'est dimanche aujourd'hui. Il y aura donc un bal.

Il semblait bizarre. Malgré la chaleur de la soirée, il portait un complet gris, une casquette et une cravate (en bas, la statue d'un Lénine méridional, de taille modeste et couvert de vignes jusqu'à sa taille de statue argentée, était vêtue presque pareil). Mais, apparemment, il ne souffrait pas de la canicule et se sentait tout à fait dans son assiette, à part que, de temps en temps, il consultait sa montre, tournait la tête et chuchotait quelque chose avec reproche.

Le haut-parleur siffla dans le vide pendant quelques minutes, puis se mit à parler rêveusement en ukrainien. À ce moment, l'homme entendit des pas dans son dos et se retourna. Deux personnes s'approchaient de lui sur le balcon. Le premier était un gros bedonnant, court sur jambes, en short blanc et tee-shirt bariolé. L'autre, un étranger coiffé d'un panama, en chemise légère et pantalon beige clair. Il tenait à la main un grand attaché-case de forme fuselée. Ses vêtements trahissaient moins son origine étrangère que ses lunettes fragiles à la fine monture noire et le hâle doux de ce teint nabokovien particulier qui ne pigmente la peau que sur d'autres rivages.

L'homme à la casquette tapota sa montre du doigt et menaça le bedonnant, poing fermé. Celui-ci poussa un cri :

– Elle avance ! Elles avancent toutes !

Ils s'embrassèrent.

– Salut, Arnold.

– Salut, Arthur. (Le gros bedon se tourna vers l'étranger.) Voici Arthur dont je vous ai parlé. Et voici Samuel Sucker. Il parle russe.

– Sam tout court, dit l'étranger en tendant la main.

– Très heureux, fit Arthur. Comment était le voyage, Sam ?

– Tout était OK. Merci, répondit Sam. Et chez vous, quoi de neuf ?

– Comme d'habitude. Vous voyez la situation à

Moscou ? Eh bien, ici, c'est la même chose, à part qu'il y a un peu plus d'hémoglobine et de glucose. Et de vitamines, naturellement. La nourriture est bonne, des fruits, du raisin.

— Et puis, ajouta Arnold, à notre connaissance, en Occident, vous étouffez littéralement à cause des insecticides, alors que nos récipients sont d'une propreté écologique absolue.

— Et pour l'hygiène ?

— Je vous demande pardon ?

— Sont-ils propres ? Vous parlez de la peau, n'est-ce pas ?

Arnold se sentit un peu gêné. Arthur interrompit un silence embarrassant :

— Mmm… Vous êtes chez nous pour longtemps ?

— Trois ou quatre jours, je pense, répondit Sam.

— Et ce sera suffisant pour le marketing ?

— Je n'utiliserais pas le mot « marketing ». Je veux simplement recueillir quelques impressions. Me faire une opinion personnelle, si l'on peut dire, pour déterminer s'il est judicieux de développer nos affaires ici.

— Parfait, fit Arthur. J'ai déjà sélectionné quelques échantillons représentatifs, et je pense que, demain matin…

— Oh non ! objecta Sam. Pas de villages Potemkine. Je préfère m'en remettre au hasard. Cela peut paraître étrange, mais ce n'est que comme cela que l'on se fait une idée précise de la situation. Et pas demain matin, mais tout de suite.

— Comment ? s'écria Arthur. Vous ne voulez pas vous reposer ? Boire un petit coup pour fêter votre arrivée ?

— En effet, confirma Arnold, demain, ce serait mieux. Et aux adresses que nous avons sélectionnées. Autrement, vous risquez de vous faire des idées fausses.

— Si je me fais des idées fausses, vous aurez assez de temps pour me les corriger, répondit Sam.

D'un mouvement sportif assuré, il sauta sur la balustrade et s'y assit en balançant les jambes dans le vide. Au lieu de le retenir, les deux autres l'imitèrent.

Arthur le fit sans peine, mais Arnold ne réussit qu'à la seconde tentative, et il s'assit en tournant le dos à la cour, comme s'il craignait le vertige.

— En avant ! fit Sam Sucker en sautant en bas.

Arthur le suivit en silence. Arnold soupira et se jeta à la renverse, comme un homme-grenouille plonge dans la mer du bord de son canot.

S'il y avait eu un témoin de cette scène, il se serait sûrement penché par-dessus la rambarde en s'attendant à voir, en bas, trois corps estropiés. Mais il n'aurait rien vu, en dehors de quelques petites flaques d'eau, d'un paquet écrasé de cigarettes *Primorski*, et des crevasses de l'asphalte.

En revanche, s'il avait eu une acuité visuelle inhumaine, il aurait pu apercevoir au loin trois moustiques voleter en direction d'un village dissimulé derrière des arbres.

Qu'aurait-il ressenti, notre observateur imaginaire ? Et qu'aurait-il fait ? Serait-il descendu, désemparé, par l'échelle de secours rouillée, seule voie d'accès à la terrasse condamnée ? Ou bien peut-être, en éprouvant, au fond de son âme, un sentiment nouveau et inconnu, se serait-il assis sur la balustrade de pierre grise pour se jeter dans le vide, à l'exemple de nos trois interlocuteurs… Mais peut-on savoir au juste comment aurait agi une personne inexistante qui posséderait une acuité visuelle inhumaine ?

Après quelques mètres de vol, Sam Sucker jeta un

regard en arrière, vers ses associés. Arthur et Arnold s'étaient transformés en petits moustiques de cette couleur grise des isbas qui, jadis, attendrissait jusqu'aux larmes Alexandre Blok. Eux, ils contemplaient leur compagnon avec une envie un peu trouble, en se balançant dans le courant d'air qui remontait de la terre chauffée par la chaleur de la journée. Seule la construction inadéquate de ses organes buccaux retenait Sam d'une grimace de suffisance. Lui, il était bien différent : couleur chocolat, de longues pattes gracieuses, un petit abdomen sec et des ailes à réaction aérodynamiques. Si les nouveaux visages d'Arthur et d'Arnold se terminaient par une protubérance qui tenait à la fois de l'aiguille de seringue titanesque et du tachymètre sur le nez d'un avion de chasse, les lèvres de Sam s'allongeaient élégamment en six fines excroissances élastiques entre lesquelles saillait un suçoir long et aigu. Bref, il avait clairement l'air d'un anophèle à côté de deux insectes russes ordinaires. De plus, Arthur et Arnold volaient une sorte de brasse féminine, alors que le mouvement des ailes de Sam rappelait plutôt la brasse papillon : il avançait donc plus rapidement et devait même faire du surplace pour attendre ses compagnons.

Ils voletèrent en silence. Sam tournait en cercle autour d'Arthur et d'Arnold qui jetaient des regards sombres sur ses acrobaties aériennes. Arnold surtout se sentait mal à l'aise à cause de la goutte rubis qui roulait dans son ventre en le tirant vers le sol. L'objectif de Sam n'était pas très clair : il choisissait son itinéraire en fonction de signes qu'il était le seul à comprendre, et virevoltait à droite et à gauche, en changeant d'altitude. Puis, sans raison apparente, il s'élança à travers une lucarne ouverte. Elle donnait sur un long grenier vide qu'ils traversèrent tous les trois, pour ressortir de l'autre côté. Enfin, un mur blanc se dressa devant eux. Il était percé d'une fenêtre au cadre bleu et tapissé de l'ombre épaisse des poiriers qui encerclaient la maison.

Sam piqua vers la fenêtre couverte d'un voile de gaze blanche et atterrit sur une planche clouée de travers qui faisait une sorte de corniche. Arthur et Arnold se posèrent à ses côtés. Dès que le fin bourdonnement de leurs ailes, qui couvrait presque tous les autres bruits se tut, ils entendirent des ronflements, derrière la gaze.

Sam jeta à Arthur un regard interrogateur.

– Il doit y avoir un trou quelque part, chuchota-t-il. D'habitude, les nôtres le font.

L'ouverture était une fente étroite entre le cadre et la gaze. Arthur et Sam s'y introduisirent sans peine. Arnold eut plus de mal, à cause de son bedon : il soufflait comme un cachalot et ses compagnons furent contraints de le tirer à l'intérieur, par les pattes.

La pièce était sombre et sentait l'eau de Cologne, la moisissure et la transpiration. En son centre trônait une grande table couverte d'une toile cirée. Dans un coin se trouvaient un lit et une table de nuit où brillait un alignement impeccable de flacons facettés. Sur la couche, un corps gisait dans un entortillement de draps, un pied recouvert d'une chaussette en laine bleue pendant hors du lit. Nu jusqu'à la ceinture, il frémissait des spasmes d'un sommeil agité et, naturellement, ne remarqua pas l'apparition de trois moustiques sur la table de nuit, à côté de sa tête.

– C'est quoi, ce tatouage ? demanda Sam à voix basse lorsque ses yeux se furent habitués à la pénombre. Lénine et Staline, je comprends, mais pourquoi y a-t-il écrit « LORD », sous eux ? Est-ce un aristocrate local ?

– Non, répondit Arthur. C'est une abréviation : « Des poulets, leurs propres enfants se vengeront[1]. »

– Est-ce qu'il hait les poulets ?

Arnold répondit avec condescendance :

– Voyez-vous, cela demande des références culturelles compliquées. Si je commence à vous donner des explications, nous serons littéralement noyés. Puisque nous y sommes, procédons plutôt à la prise d'échantillons, pendant que le matériel dort.

– Oui, oui, approuva Sam. Vous avez tout à fait raison.

Il s'élança en l'air et, après une gracieuse figure d'Immelmann au-dessus du corps allongé, se posa sur un terrain de peau fine et tendre près de l'oreille.

– Arnold, chuchota Arthur, admiratif. Ça alors... Il vole sans bruit !

– Voilà bien les Américains, constata Arnold. Vole derrière lui et surveille-le, juste au cas où.

– Et toi ?

– J'attendrai ici, fit Arnold en se tapant le bedon de la patte.

Arthur décolla et s'approcha de Sam en s'efforçant de bourdonner le plus bas possible. L'Américain n'avait pas encore entrepris de percer son trou. Il s'était assis sur une protubérance de la peau, entre des creux où poussaient des poils similaires à de jeunes bouleaux.

Sam se leva et s'adossa à l'un d'entre eux, en regardant pensivement les collines lointaines des tétons, couvertes d'une épaisse végétation rousse.

---

1. En russe, LORD *(Legavym Otomstiat Rodnyïe Deti)* signifie : « des chiens d'arrêt, leurs propres enfants se vengeront ». En argot, « chien d'arrêt » présente le même double sens que « poulet » en français. Ce genre de tatouage est fréquent dans les prisons. [Toutes les notes sont des traducteurs.]

— Vous savez, expliqua-t-il dès qu'Arthur se fut posé à côté de lui, je voyage beaucoup et ce qui me frappe toujours, c'est que chaque paysage est unique en son genre. J'étais récemment au Mexique. Naturellement, c'est incomparable. Voyez-vous, c'est une nature si riche, si généreuse… peut-être même trop. Parfois, il faut se traîner longtemps à travers le maquis pectoral avant de trouver un endroit convenable pour boire. Il faut rester vigilant en permanence : un pou sauvage peut vous sauter dessus du haut d'un cheveu, et alors…

— Les poux peuvent attaquer ? s'écria un Arthur incrédule.

— Voyez-vous, les poux mexicains sont très paresseux, et il leur est plus facile de ronger le fin abdomen d'un moustique que de se procurer de la nourriture par un travail honnête. Mais ils sont plutôt patauds, ce qui laisse le temps de décoller lorsqu'ils attaquent. Évidemment, en l'air, on risque d'être attaqué par une puce. Bref, c'est un monde cruel et magnifique. Je préfère quand même le Japon et ses espaces jaunes, immenses, presque privés de végétation et pourtant si différents du désert. Vus du haut, on a l'impression de se retrouver dans l'antiquité profonde. Mais, c'est difficile à raconter, il faut le vivre soi-même. Il n'y a rien de plus beau que des fesses japonaises lorsque le premier rayon de soleil les dore légèrement et qu'un vent doux souffle sur elles… Dieu, que la vie peut être charmante !

— Et ça vous plaît ici ?

— Chaque paysage a son charme, répondit Sam, évasif. Je comparerais ces endroits avec la région des Grands Lacs, au Canada, poursuivit-il en désignant, de la tête, l'oreille qui surplombait le cou. Seulement ici tout est plus proche de la nature sauvage, toutes les odeurs sont naturelles... (Il toucha de la patte la racine du cheveu.) Et, chez nous, nous avons presque oublié l'odeur de notre mère-peau humide[1]...

À son intonation, Arthur comprit que Sam était très fier de sa connaissance de tournures idiomatiques russes.

— Bref, ajouta celui-ci, il y a à peu près la même différence qu'entre le Japon et la Chine.

— Vous êtes également allé en Chine ? s'extasia Arthur.

— J'en ai eu l'occasion.

— Et en Afrique ?

— À plusieurs reprises.

— Et qu'en pensez-vous ?

— Je ne peux pas dire que j'aie vraiment apprécié. C'est comme si on était sur une autre planète. Tout est noir, sombre. Et puis... comprenez-moi bien, je ne suis pas raciste, mais les moustiques locaux...

Arthur ne trouva rien d'autre à demander, et Sam lui sourit poliment avant de se mettre au travail. Sa trompe aiguë se mit à tourner avec une vitesse incroyable et s'enfonça dans le sol, près du tronc du bouleau le plus proche, comme un couteau dans un pâté. Arthur aussi avait l'intention de se désaltérer, mais il se retint, gêné, en pensant aux craquements qu'il ne manquerait pas de produire en perforant, de son gros nez, la peau résistante. Sam réussit à pénétrer un capillaire dès la première tentative et son abdomen brun se mit à rougir.

Soudain, la surface bougea sous leurs pieds tandis que retentissait une expiration mugissante. Bien qu'Arthur fût persuadé que les raisons pour lesquelles

---

1. « Mère-terre humide » est une expression russe très fréquente dans les contes et les poèmes populaires. Il est normal que Sam remplace « terre » par « peau ».

le corps réagissait ainsi n'avaient aucun rapport avec leur activité, il se sentit un peu mal à l'aise.

— Sam, dit-il, arrêtez ! Ce n'est pas le Japon, ici.

L'intéressé ne sembla pas entendre ces paroles. Arthur le regarda et frémit. La petite trogne de Sam, si sensée et intelligente un instant auparavant, était bizarrement défigurée. Quant à ses yeux globuleux et poilus, cernés d'un trait qui faisait penser à des lunettes, ils avaient cessé d'exprimer quoi que ce fût, comme s'ils n'étaient plus le miroir de l'âme, mais deux phares éteints. Arthur s'approcha de lui et le poussa légèrement.

— Eh, insista-t-il, il est temps.

L'autre ne réagit pas. Arthur le poussa plus fort, mais il semblait comme enfoncé dans le sol et son ventre n'arrêtait pas de gonfler. Soudain, le sol sembla se dérober sous leurs pieds. Le corps se mit à se retourner, dans un souffle rauque. Arthur sursauta, pris de panique et cria de toutes ses forces :

— Arnold ! Ici !

Mais déjà l'intéressé, inquiet du remue-ménage, s'approchait de lui-même.

— Qu'est-ce que tu as à bourdonner si fort ? Que se passe-t-il ?

— Il est arrivé quelque chose à Sam, répondit Arthur. Je crois qu'il est paralysé. Je ne parviens pas à le secouer.

— Prenons-le sous ses ailes. Voilà, comme ça. Attention, tu lui marches sur sa patte. Sam, pouvez-vous voler ?

Sam hocha faiblement la tête. La peau sur laquelle ils se tenaient tremblait et donnait sérieusement de la bande à droite.

— Vite, partons ! Il se lève ! Sam, remuez-vous, sinon il sera trop tard ! cria Arthur qui soutenait le corps alourdi de Sam, tout en s'efforçant d'éviter ses ailes qui bougeaient en tout sens, sans aucune coordination.

Ils parvinrent enfin à se poser sur la table de nuit. Le corps se leva du lit, surplomba les moustiques et, dans un silence horrible, une paume énorme tomba vers eux du plafond, comme une ombre noire. Arthur et Arnold s'apprêtaient à abandonner Sam à son destin en décollant vers des directions différentes, lorsque la main changea de direction, saisit habilement l'un des flacons, sur la table de nuit, et disparut dans les hauteurs. Des ressorts mugirent dans le lointain, et le corps se balança à nouveau sur le lit.

– Arthur, demanda Arnold, à voix basse, sais-tu ce qu'il y a dans ces flacons ?

– C'est la forêt, fit soudain Sam. Notre *Forêt russe*.

– Quelle forêt ?

– Chypre, chypre[1], répliqua-t-il indistinctement.

– Est-ce que ça va, Sam ? s'inquiéta Arnold.

– De mon côté, tout est en ordre, admit l'intéressé avec un sourire lugubre. Mais, du vôtre, ne vous en faites pas, nous allons vous ramener à l'ordre, nous...

– Il faut vite le faire sortir, suggéra Arthur, inquiet.

Arnold acquiesça et s'efforça de soulever le visiteur, mais celui-ci, qui ne semblait pas l'entendre ainsi, le gifla de son aile, décolla et se précipita vers la fenêtre, se faufilant avec une habileté incroyable entre le cadre et le voile de gaze derrière lequel le crépuscule méridional tournait déjà au bleu sombre.

Dans le calme du matin suivant, le brouillard tombant des montagnes coulait dans les allées de cyprès. Vu d'en haut, il ne semblait pas y avoir de fond sous

---

1. Marque très répandue d'eau de toilette pour hommes, fréquemment utilisée, dans la conversation courante, comme un nom générique pour les parfums masculins.

sa surface découpée par les digues vertes parallèles. Ou peut-être y en avait-il un, mais très loin. Les rares passants, en bas, ressemblaient à des poissons aux contours flous nageant lentement près de la surface. Arthur et Arnold descendirent à deux reprises pour rien, ayant pris pour Sam Sucker d'abord un grand carton d'emballage détrempé et, ensuite, une petite meule de foin couverte d'une bâche en plastique.

Arthur finit par rompre le silence.

– Peut-être est-il parti pour Feodossia en stop ?

– Peut-être, peut-être, répondit Arnold. Tout est possible.

– Regarde ! Ce n'est pas lui ?

– Non, décréta Arnold, après avoir fixé le point indiqué, ce n'est pas lui. C'est la statue d'un volleyeur.

– Non, plus loin, près du kiosque. Il sort du buisson.

De loin, cela ressemblait à une boule géante de fumier qui s'extirpait du buisson en se dandinant. Elle s'approcha d'un banc et s'y laissa choir en étirant devant elle des jambes étrangement fines.

– On atterrit, fit Arnold.

Une minute plus tard, ils se posaient derrière le kiosque à journaux vide. Ils jetèrent un regard circulaire sur les trois ou quatre mètres d'espace visible et s'assirent sur le banc, de part et d'autre du gros type. C'était bien Sam, mais pas le même Sam que la veille. Cette impression ne tenait pas à son ventre, devenu plusieurs fois plus gros (une telle transformation était habituelle pour un moustique). C'était plutôt le visage qui, bien qu'ayant conservé les mêmes traits, semblait maintenant comme fourré de l'intérieur, non comme une oie farcie aux pommes, mais plutôt comme une pomme farcie à l'oie.

Merde, se dit Arthur en contemplant le profil calme

et horrible de l'étranger. *Ce groupe sanguin lui était peut-être contre-indiqué ? Et si c'était une allergie ?*

– On a eu du mal à vous trouver, Sam, fit Arnold.
– Et, diable, pourquoi donc me chercher ? Me voici. Vous avez fini par abouler de vous-mêmes.

Il parlait d'une voix nouvelle, inconnue, sourde et lente.

– Mais où avez-vous passé la nuit ? Pas sur un banc, j'espère ? Vous ne connaissez pas les lieux, et vous savez comment sont les gens aujourd'hui…

Sam se tourna soudain vers Arthur et le saisit par les revers, l'empêchant ainsi de poursuivre.

– Qu'est-ce qui vous prend, Sam ? marmonna l'agressé en tentant de se dégager. Laissez-moi ! Laissez-moi ! On nous regarde !

Ce n'était pas vrai. Le seul spectateur était un Arnold désemparé qui les fixait avec des yeux tout ronds.

– Putain de ta mère ! s'écria Sam sévèrement. Reconnais que tu suces le sang russe !

– Oui, acquiesça Arthur, d'une petite voix.

Sam libéra une main et saisit le cou d'Arnold avec des doigts de fer.

– Et toi aussi ?
– Moi aussi, reconnut Arnold, bouleversé.

La main l'écrasait avec une telle force qu'il s'affaissa, comme un haltérophile sous un trop grand poids. Il se souvint de la main de pierre dans la tragédie de Pouchkine qu'il avait lue lorsqu'il était encore une larve. Sam se tut, comme s'il cherchait quelque chose à ajouter.

– Et pourquoi le sucez-vous ? demanda-t-il stupidement au bout d'un instant.

– On a envie de boire, expliqua piteusement Arthur.

Arnold ne voyait pas son copain, car le ventre gonflé de Sam, comme un parachute rouge ouvert, lui bloquait la vue, mais sa voix humiliée lui apparut comme une offense.

– C'est quoi, ces allusions ? demanda-t-il, sarcastique. Nous suçons n'importe quel sang. Pas vous ? J'ai compris votre baratin depuis longtemps. Vous voulez tout garder pour vous jusqu'à la dernière goutte, et voilà tout. Regardez-moi ce bedon. Arthur et moi n'en suçons pas autant en une semaine.

Sam lâcha Arthur et frotta sa paume sur son énorme ventre ondulant.

– Debout, pays énorme[1], balbutia-t-il.

Il se redressa avec difficulté en s'appuyant sur Arnold, écrasé sur le banc, puis il leva son visage vers le ciel. Son corps fut secoué par une série de secousses incoercibles, comme s'il prenait quelques inspirations rapides, mais au lieu d'éternuer, il arrosa l'asphalte devant lui d'un jet de vomi cerise foncé. Cela sentait le sang et l'eau de toilette. La taille de son ventre diminua de moitié.

– Où suis-je ? demanda-t-il, en regardant autour de lui.

Sa voix ressemblait un peu à celle de l'ancien Sam.

– Chez des amis, répondit Arnold à moitié écrasé, en sentant néanmoins faiblir la main qui oppressait son épaule. Ne vous inquiétez pas.

Sam secoua la tête et contempla l'énorme flaque de sang à ses pieds.

– Que s'est-il passé ?

---

1. Premiers mots d'une chanson patriotique très populaire pendant la Deuxième Guerre mondiale : « Debout, pays énorme ! Lève-toi pour le combat mortel ! » Le lecteur aura compris que Sam se comporte comme un authentique poivrot russe depuis le début de la scène.

— Voyez-vous, commença Arthur, c'était une erreur technique, un rossignol, un exemplaire de rebut. Ne pensez surtout pas que, chez nous, tout le monde boit de la *Forêt russe*...

À ces mots, le regard de Sam redevint trouble et il saisit de nouveau ses deux compagnons.

— Allons, venez ! commanda-t-il.
— Où ça ? s'enquit Arthur avec effroi.
— Tu verras. Ils veulent boire, les salauds...

Traînant derrière lui ses compagnons qui résistaient faiblement, il fit quelques pas monumentaux dans l'allée en direction du quai et vomit de nouveau, plus substantiellement. Un large ruisseau sombre, puant comme les orchidées en carton des manifestants du 1er Mai, s'écoula sur la pente de l'asphalte. Arnold sentit que la main qui, un instant plus tôt, le tirait comme le crochet d'un tracteur, s'agrippait maintenant à son cou à la recherche d'un appui.

— C'est sans doute fini, dit-il à Arthur, en prenant Sam par le bras. Promenons-le sur le quai, qu'il reprenne son souffle.

— Qu'est-ce qu'il a eu ? demanda Arthur.

— Son psychisme n'est pas très stable, répondit son copain. Il a bu trop de sang et perdu les pédales. Un peu comme dans une transe.

Au bout de l'allée, ils se tournèrent vers le quai. Sam marchait déjà tout seul, en chancelant légèrement. Il redressa ses lunettes sur son nez. L'un des verres était fêlé.

— Sam, êtes-vous OK ? demanda Arnold.
— Il pie semble, fit l'intéressé d'une voix faible.
— Pouvez-vous marcher ?
— Messieurs, je vous prie de m'excuser. Je suis horrifié par mon comportement.

– Ce n'est rien, admit Arnold de bon gré. Nous avons déjà tout oublié.

Arthur ajouta son grain de sel :

– Je vous avais dit de vous reposer d'abord.

– Je suis navré, conclut Sam. Mais où est ma serviette ?

Arnold regarda autour d'eux. L'attaché-case en plastique n'était pas visible.

– Une sacrée malchance. Il n'y avait rien de précieux, j'espère ?

– Rien de particulier. Des agents conservateurs. Une caméra vidéo. Comment vais-je pouvoir prendre des échantillons maintenant ?

– Vous l'avez sûrement oublié là-bas, constata Arnold. Nous y retournerons tout à l'heure… D'accord, d'accord, Sam. Je comprends. Je vais m'en occuper personnellement, moi.

– Mais quelle avalanche d'émotions ! s'exclama l'Américain. Quelle cascade de sentiments ! Croyez-moi, j'ai été emporté.

Arthur et Arnold firent asseoir avec ménagement le corps maigre et frissonnant et s'installèrent sur le banc, chacun d'un côté. Sam tremblait.

– Calmez-vous, chuchota Arnold d'un ton paternel. Vous voyez combien tout est beau et paisible autour de nous. Regardez les mouettes qui volent et les jeunes filles qui se promènent. Et ce petit bateau, à l'horizon. C'est joli, n'est-ce pas ?

Sam leva les yeux. À travers la brume, on apercevait les premiers estivants qui marchaient sur les dalles de béton du quai. Du côté de la cantine parvenaient distinctement deux voix : celle d'un enfant qui demandait quelque chose et la basse plus sûre d'un adulte qui répondait par des mots indistincts.

Un homme de taille moyenne, en survêtement, sortit de la brume. Derrière lui trottinait un garçon chargé d'un lourd sac de plage. Il courut pour rattraper l'homme et se mit à marcher à ses côtés, en louchant sur Sam et ses compagnons. Il portait des sandales de toile bleue et traînait le pied gauche, à cause d'une sangle déchirée.

2

Initiation

– Papa, tu as vu ces types étranges ? dit le garçon lorsqu'ils eurent dépassé le banc.

Le père cracha par terre.

– Des ivrognes, dit-il. Si tu te comportes comme ça, voilà à quoi tu ressembleras quand tu seras grand.

Un morceau de fumier compacté apparut entre ses mains. Il fit un signe à son fils et le garçon eut à peine le temps de tendre les siennes. Les mots de son père sur ce qu'il fallait faire ou non pour ne pas grandir comme les types en question n'étaient pas très clairs, mais dès que le fumier chaud toucha ses paumes, tout devint parfaitement évident. Le garçon fourra en silence le cadeau paternel dans son sac.

Un kiosque rectangulaire et étroit émergea du brouillard. Il ressemblait à une boîte d'allumettes posée sur la tranche. Une vendeuse s'ennuyait derrière la vitrine remplie de paquets de cigarettes multicolores, de flacons d'eau de toilette et de pantalons à la coupe honteuse, fabriqués par des coopératives. Derrière elle, fumait la vitre encrassée d'un grill où tournaient des poulets blancs indifférents à tout. Un haut-parleur en Bakélite noire, accroché au mur du kiosque, diffusait de la musique par saccades, comme exhalée par une invisible pompe à vélo.

– Excusez-moi, où est la plage ? demanda le père à la vendeuse.

Elle sortit sa main du guichet et pointa son index vers un coin du brouillard.

– Hmm… Et combien coûtent ces verres ? s'enquit le père.

La vendeuse répondit à voix basse.

– C'est pas rien, dit le père. D'accord, je les prends.

Il tendit les verres à son fils qui les glissa dans son sac, et ils poursuivirent leur chemin. Le kiosque disparut et un petit pont apparut devant eux. Derrière lui, le brouillard était encore plus épais. Ils ne distinguaient que le béton sous leurs pieds et, de part et d'autre de l'allée, des bandes vertes floues qui ressemblaient à d'énormes brins d'herbe, ou peut-être à des arbres. En guise de ciel, la voûte blanche du brouillard les entourait comme une cloche. Sur leur gauche, des bacs à fleurs vides, en béton, apparaissaient de loin en loin. Avec leurs parois crantées qui s'évasaient vers le haut, ils ressemblaient à des capsules de bière renversées.

– Papa, fit le garçon, de quoi est fait le brouillard ?

Le père réfléchit un instant.

– Le brouillard, répondit-il en tendant à sa progéniture de petits morceaux de fumier, est composé de minuscules gouttes d'eau en suspension dans l'air.

– Et pourquoi ne tombent-elles pas par terre ?

Le père réfléchit encore et lui tendit une autre portion de fumier.

– Parce qu'elles sont trop petites.

Une nouvelle fois, le garçon n'eut pas le temps de voir d'où son père tirait le fumier. Il se mit à scruter les alentours comme s'il essayait de voir ces gouttes minuscules.

— Nous n'allons pas nous perdre ? demanda-t-il avec inquiétude. La plage devrait être par ici.

Le père ne répondit pas. Il continuait d'avancer silencieusement dans le brouillard et le fils n'avait pas d'autre solution que de le suivre. Le garçon avait l'impression qu'ils marchaient tous deux au pied du grand arbre de Noël du monde à travers d'énormes flocons de coton en guise de neige, sans vraiment savoir où ils allaient, même si son père faisait semblant de connaître le chemin.

— Papa, où allons-nous ? Car on marche et on marche…

— Quoi ?

— Rien.

Le garçon leva les yeux et aperçut un scintillement flou au-dessus d'eux. Derrière l'obscurité blanche, il était impossible de distinguer ce qui brillait : une partie toute proche du brouillard animée d'une lumière bleutée, ou le rayon d'un projecteur lointain allumé par un inconnu.

— Papa, regarde ! Qu'est-ce que c'est ?

Le père leva les yeux et s'arrêta.

— Je ne sais pas, répondit-il, en se remettant en marche. On a dû oublier d'éteindre un réverbère.

Le garçon le suivit en louchant sur la lumière qui restait derrière eux.

Pendant quelques minutes, ils marchèrent en silence. Le garçon se retournait parfois, mais le phénomène qui l'intriguait n'était plus visible. En revanche, des pensées bizarres lui venaient de nouveau à l'esprit. Elles ne ressemblaient à rien et n'auraient jamais surgi dans un endroit normal.

— Dis, papa, fit-il, j'ai eu soudain l'impression que nous nous sommes égarés. Que nous avons l'illusion d'aller à la plage alors qu'en réalité il n'y a aucune plage. Et j'ai eu peur.

Le père ricana et tapota la tête du garçon. Soudain, un morceau de fumier apparut entre ses mains, si énorme qu'il aurait suffi à former la tête d'un gros bonhomme de neige.

– Tu connais le proverbe, dit-il en le tendant à son fils, vivre sa vie n'est pas comme traverser un champ.

Le garçon acquiesça d'un vague signe de tête et fourra le cadeau paternel avec difficulté dans le sac qu'il prit dans ses bras, car le plastique fin des poignées commençait à se distendre.

– Et il ne faut pas avoir peur, dit le père. Il ne faut pas… Tu es un homme, un soldat. Tiens encore.

Le garçon tenta d'attraper le nouveau morceau mais le fit tomber tout de suite, suivi du sac. La plus grande partie du fumier se répandit par terre. Le fils s'accroupit pour tenter de le ramasser. Il leva vers son père des yeux effrayés s'attendant à voir une grimace maussade, au lieu de quoi, il lut sur son visage un attendrissement quelque peu solennel.

– Tu deviens adulte, lui dit-il après un court silence, en offrant à son fils une nouvelle poignée de fumier. Considère qu'aujourd'hui, c'est ta seconde naissance.

– Pourquoi ?

– Parce que tu ne pourras plus porter tout ton fumier dans tes mains. Désormais, tu auras ton *Ia*, comme maman et moi.

– Mon *Ia* ? demanda le garçon. Qu'est-ce que c'est ?

– Regarde toi-même.

Le garçon observa attentivement son père et vit soudain à côté de lui une grosse boule translucide marron-gris.

– Qu'est-ce que c'est ? fit-il avec effroi.

— C'est mon *Ia*, dit le père. Et tu vas avoir le même.
— Et pourquoi ne la voyais-je pas, avant ?
— Tu étais encore trop petit. Maintenant, tu es assez grand pour voir la boule sacrée par toi-même.
— Et pourquoi est-elle si floue ? De quoi est-elle faite ?
— Elle te semble floue parce que tu viens de l'apercevoir. Quand tu t'y habitueras, tu comprendras que c'est la chose la plus réelle au monde. Elle est faite de pur fumier.
— Ah, c'est de là que tu prenais le fumier tout le temps, dit le garçon en traînant la voix. Tu me le donnais sans arrêt et je ne comprenais pas d'où il venait. Tu en as plein pour de vrai. Et quel est le mot que tu as prononcé ?
— *Ia*. C'est la syllabe sacrée égyptienne par laquelle les scarabées nomment leur boule depuis des milliers d'années, dit gravement le père. Pour l'instant, ton *Ia* est encore petit, mais, graduellement, il deviendra de plus en plus grand. Maman et moi, nous te donnerons encore du fumier, mais ensuite tu apprendras à le trouver toi-même.

Le garçon demeurait accroupi et regardait son père avec incrédulité. Celui-ci sourit et clappa des lèvres.

— Et où trouverai-je du fumier ?
— Tout autour, dit le père en indiquant la direction du brouillard.
— Mais il n'y a pas de fumier là-bas, papa.
— Au contraire, il n'y a que du fumier.
— Je ne comprends pas.
— Tiens. Tu vas comprendre. Pour que tout ce qui t'environne devienne fumier, tu dois avoir ton *Ia*. Alors le monde se trouvera entre tes mains. Et tu le pousseras en avant.

– Comment peut-on pousser en avant le monde entier ?

Le père posa ses mains sur la boule et la bougea légèrement en avant.

– C'est cela, le monde, dit-il.

– Je ne comprends pas bien, se plaignit le garçon, comment une boule de fumier peut-elle être le monde entier ? Ou bien, comment le monde entier peut-il devenir une boule de fumier ?

– Pas tout à la fois. Attends que ton *Ia* grandisse et tu comprendras.

– Mais la boule est petite.

– Ce n'est qu'une apparence. Tu n'as qu'à voir tout le fumier que je t'ai donné aujourd'hui : mon *Ia* n'a pas diminué pour autant.

– Mais, si c'est le monde entier, le reste, c'est quoi ?

– Quel reste ?

– Mais, le reste !

Le père sourit avec patience.

– Je sais que c'est difficile à comprendre, dit-il, mais il n'y a rien à part le fumier. Tout ce que je vois autour (et, d'un geste large, le père montra le brouillard) est en réalité mon *Ia*. Et le but de la vie, c'est de le pousser en avant. Tu comprends ? Quand tu regardes autour de toi, tu vois simplement le *Ia* de l'intérieur.

Le garçon plissa le front en réfléchissant un moment. Puis il entreprit de mettre en tas le fumier éparpillé devant lui. Avec une facilité déconcertante, il en fit, en quelques minutes, une boule, pas trop ronde, mais nette. Elle avait exactement la même hauteur que lui, et cela lui sembla bizarre.

– Papa, s'écria-t-il, je n'avais qu'un sac de fumier alors qu'ici, il y en a un demi-camion. D'où vient-il ?

– C'est tout le fumier que maman et moi t'avons

donné depuis ta naissance. Tu le portais tout le temps, sans le voir.

Le garçon contempla la boule devant lui.

– Je dois donc la pousser en avant ?

Le père acquiesça.

– Et tout ce qui est autour, c'est cette boule ?

Il acquiesça encore.

– Mais comment puis-je voir cette boule de l'intérieur et, en même temps, la pousser en avant ?

– Je ne sais pas, fit le père d'un geste désolé. Quand tu seras grand, tu deviendras philosophe et tu nous l'expliqueras.

– Bien. S'il n'y a rien à part le fumier, qui suis-je ? Je ne suis quand même pas fait de fumier !

– Je vais tenter de te l'expliquer, soupira le père en plongeant les mains dans la boule pour donner à son fils encore une poignée. Voilà, c'est bien comme ça, avec les mains... Maintenant, regarde la boule attentivement. C'est toi, la boule.

– Comment cela ? Moi, je suis ici, fit le garçon en se montrant de l'index.

– Tu penses faux, dit le père. Essaie de réfléchir logiquement. Si tu dis « Ia », cela signifie toi[1]. Ton *Ia*, c'est toi.

– Mon toi est *Ia* ? redemanda le garçon. Ou bien ton toi ?

– Non, dit le père. Ton *Ia*, c'est toi. Assieds-toi sur le banc, calme-toi et tu verras toi-même.

Ce que le père appelait un banc était en réalité une longue et épaisse poutre de section carrée qui se trouvait à la limite de visibilité. L'une de ses extrémités était

---

1. En russe, *ia* est le pronom personnel de la première personne du singulier : « je ».

carbonisée, apparemment à cause de l'incendie d'une poubelle, et elle ressemblait à une allumette grossie de plusieurs centaines de fois. Le garçon poussa son *Ia* jusqu'au banc, s'assit et leva les yeux vers son père.

— Et le brouillard ne va pas m'empêcher de voir ?

— Non. Regarde, on y voit presque. Mais concentre-toi sur ça.

Le garçon haussa les épaules et fixa la surface rugueuse de la boule fraîchement constituée. Sous son regard, elle devint graduellement plus lisse et se mit même à briller. Ensuite, elle devint transparente et un mouvement s'esquissa à l'intérieur. Le garçon tressaillit. Une tête épineuse noire, avec des petits yeux et des mandibules puissantes, le regardait de la profondeur du *Ia*. Sans cou, elle était prolongée par une carapace noire d'où sortaient, de part et d'autre, des pattes noires crantées.

— Qu'est-ce que c'est ? demanda-t-il.

— Un reflet.

— De quoi ?

— Mais comment ? Tu avais compris, il y a un instant ! Soyons logiques. Pose-toi une question : si je vois un reflet devant moi et que je sais que c'est un *Ia*, que vois-je ?

— Moi-même, apparemment.

— Eh bien, voilà, dit le père. Tu as enfin compris.

Le garçon resta pensif.

— Mais le reflet est toujours dans quelque chose, finit-il par dire en levant le regard vers la tête noire et cornue de papa où scintillaient les perles des yeux.

— Oui. Et alors ?

— Où est-il, ce reflet ?

— Comment où ? Mais tout est devant tes yeux. En toi-même, naturellement !

Le garçon demeura longtemps silencieux, fixant la boule de fumier, puis se couvrit la tête de ses pattes.

— Oui, dit-il enfin d'une voix changée. Bien sûr. J'ai compris. C'est le *Ia*. Naturellement, c'est ça, le *Ia*.

— Bravo, dit le père, en descendant de l'allumette et en se soulevant légèrement sur les quatre pattes de derrière pour saisir sa boule avec celles de devant. On y va, mon fils.

Autour d'eux, le brouillard atteignit une telle intensité qu'il ressemblait plutôt aux bouffées de vapeur d'un hammam. Seules les entailles régulières du béton, qui s'éloignaient en arrière, permettaient de juger du mouvement. Tous les trois mètres, des fentes entre les dalles surgissaient du néant blanc. Sur certaines d'entre elles, l'herbe poussait. L'extrémité de chaque dalle préfabriquée était dotée de demi-anneaux, en fer rouillé, destinés à recevoir le crochet d'une grue. C'était là tout ce que l'on pouvait dire du monde environnant.

— Est-ce que les bousiers sont les seuls à avoir leur *Ia* ?

— Pourquoi ? Tous les insectes ont leur *Ia*. Ou à proprement parler, les insectes sont leur *Ia*. Mais seuls les scarabées sont capables de le voir. Qui plus est, les scarabées savent que le monde entier fait partie de leur *Ia*. C'est pour cela qu'ils disent pousser le monde entier devant eux.

— Mais alors, tous ceux qui nous entourent sont aussi des bousiers, puisqu'ils ont leur *Ia* ?

— Naturellement. Mais les bousiers qui le savent s'appellent des scarabées. Les scarabées, ce sont ceux qui portent en eux l'ancien savoir sur le sens de la vie, dit le père en lui tapotant la boule avec la patte.

— Es-tu un scarabée, papa ?

— Oui.

– Et moi ?
– Pas tout à fait. Tu dois d'abord passer par le sacrement principal.
– Et qu'est-ce que c'est ?
– Tu comprends, fiston, expliqua le père, sa nature est tellement inconcevable qu'il vaut mieux ne pas en parler. Attends simplement que cela arrive.
– Combien de temps faut-il attendre ?
– Je ne sais pas, dit le père. Peut-être une minute. Et peut-être trois ans.

Il poussa sa boule dans une expiration et courut derrière elle.

En regardant son père, le garçon s'efforçait de copier soigneusement tous ses mouvements. À chaque poussée, les mains de son père s'enfonçaient profondément dans le fumier, et il était incapable de comprendre comme il parvenait à les en sortir.

Le garçon tenta d'enfoncer ses mains tout aussi profondément dans la boule et y parvint à la troisième tentative : il suffisait de serrer les doigts en pince. En tournant, la boule entraînait les mains et elles ne parvenaient à se dégager que lorsque les pieds semblaient sur le point de quitter le sol. *Et si je les enfonçais encore plus profondément ?* pensa-t-il. Sitôt dit, sitôt fait. La boule tourna, ses pieds se détachèrent de terre et son cœur bondit, comme s'il faisait, pour la première fois de sa vie, un tour complet sur une balançoire. Il s'envola, resta un instant suspendu en passant au zénith, et se précipita vers le sol. En tombant, il comprit que la boule allait rouler sur lui, mais il n'eut pas le temps d'être effrayé. Les ténèbres tombèrent, et, quand il revint à lui, il était en train d'être à nouveau soulevé par la sphère de fumier.

– Bonjour, fit la voix de papa. As-tu bien dormi ?

— Qu'est-ce que c'est, papa ? demanda le garçon en s'efforçant de surmonter son vertige.

— C'est la vie, fiston, répondit le père.

En regardant de côté, le garçon vit une boule d'un marron grisâtre qui roulait en avant à travers les ténèbres blanches. Papa n'était visible nulle part. En observant mieux, il remarqua, sur la surface du fumier, une silhouette floue qui semblait tourner avec la boule. Il y distingua un corps, des bras, des jambes, un visage, et sur ce visage, deux yeux qui remontaient lentement du sol en béton en même temps que la surface de la boule et qui le contemplaient tristement.

— Tais-toi, fiston, tais-toi. Ia sais ce que tu vas me demander. Oui, c'est exactement cela qui se passe avec tout le monde. Mais nous autres, scarabées, sommes les seuls à le voir.

— Papa, demanda la petite boule, et pourquoi ia pensais avant que tu marchais derrière ta boule en la poussant ?

— Parce que tu étais petit, fiston.

— Et c'est comme ça toute la vie, la face contre le béton…

— Mais la vie est quand même belle, dit le père avec une nuance de menace dans la voix. Bonne nuit.

Le garçon regarda devant lui : la dalle de béton s'approchait de ses yeux.

— Bonjour, dit la grande boule lorsque les ténèbres se dissipèrent, le moral est bon ?

— À zéro, répondit la petite boule.

— Fais des efforts pour avoir le moral. Tu es jeune, en bonne santé, pourquoi être triste ? Moi, c'est autre cho…

La grande boule tressaillit et se tut.

— Tu n'entends rien ? demanda-t-elle soudain.

— Non. Et que suis-ia censé entendre ?

— Il m'a semblé que... Non, rien, dit la grande boule. De quoi ia parlais ?

— Du moral.

— Oui... Nous créons nous-mêmes le moral et tout le reste. Et il faut faire tout son possible pour que... Ça recommence.

— Quoi ? demanda la petite boule.

— Des pas. Tu n'entends pas ?

— Non, ia n'entends rien. Où ça ?

— Devant nous. Comme si un éléphant courait.

— Ce n'est qu'une impression, décréta la petite boule. Bonne nuit.

— Bonne nuit.

— Bonjour !

— Bonjour, soupira la grande boule. Ce n'est peut-être qu'une impression, mais, tu sais, ia suis vieux. Ma santé chancelle. Parfois, ia me réveille le matin et je pense : un jour, en me roulant comme ça...

— Pourquoi ? Tu n'es pas vieux.

— Mais si, mais si, répliqua la grande boule avec tristesse. Tu devras bientôt prendre soin de moi. Et tu ne le voudras sans doute pas...

— Comment ça ? Ia voudrai.

— Tu dis ça aujourd'hui, mais après, tu auras ta propre vie et... Tiens, voilà, ça recommence encore.

— Qu'est-ce qui recommence ?

— Les pas. Oh... Et maintenant, il y a une cloche qui sonne. Tu n'entends pas ?

Elle s'arrêta.

— Roulons, fit la petite boule.

— Non, dit la grande. Roule, ia te rattraperai.

— D'accord, répondit l'autre avant de disparaître dans le brouillard.

La grande boule resta sur place. Aucun pas n'était audible et elle se remit lentement en mouvement.

— Fiston ! cria-t-elle, ohé ! Où es-tu ?

— Ia suis ici, fit une voix issue du brouillard. Bonne nuit !

— Bonne nuit !

— Bonjour !

— Bonjour ! cria la grande boule.

Elle roula assez longtemps dans la direction d'où était venue la réponse, puis elle comprit qu'elle avait croisé son fils.

— Ohé ! cria-t-il encore, où es-tu ?

— Ia suis là.

Cette fois, la voix venait de loin et de la gauche. La grande boule se mit à rouler dans ce sens, mais se figea presque aussitôt, effrayée. Un bruit tonitruant retentit devant elle, si fort qu'elle sentit le béton trembler. Le coup suivant fut plus proche encore et la boule de fumier aperçut un énorme escarpin rouge à talon aiguille se poser sur le sol à quelques mètres de lui.

— Papa ! J'entends les pas maintenant ! Qu'est-ce que c'est ? cria la voix lointaine de son fils.

— Fiston ! cria le père, désespéré.

— Papa !

Le garçon hurla de peur et leva les yeux. Une ombre passa au-dessus de sa tête et, l'espace d'un instant, il lui sembla voir un escarpin rouge avec une tache sombre sur la semelle. Et il eut l'impression que, dans les hauteurs impressionnantes où la chaussure s'élevait, la silhouette d'un énorme oiseau déployait ses ailes. Le garçon retira avec difficulté les mains de sa boule de fumier et se rua vers l'endroit où il avait entendu la voix de son père pour la dernière fois. Au bout de quelques pas, il buta sur une grande tache sombre, au milieu de béton. Il glissa et manqua de tomber.

– Papa, fit-il doucement.

C'était trop pénible de voir ce qui restait de son père et, comprenant peu à peu ce qui s'était passé, il se traîna jusqu'à sa boule. Il voyait encore la bonne tête de papa avec ses cornes de chitine, qui n'étaient horribles qu'en apparence, et ses yeux perlés, pleins d'amour, et il se mit à pleurer. Mais il s'arrêta lorsqu'il se souvint que papa lui disait, en lui tendant un morceau de fumier, que le chagrin ne se consolait pas avec des larmes.

L'âme de papa est montée au ciel, pensa-t-il en se souvenant de la tache qu'emportait une énorme semelle, *et je ne peux plus l'aider*.

Il leva les yeux sur sa boule en s'étonnant qu'elle fût devenue si grande en si peu de temps, puis il regarda ses mains et, en soupirant, les posa sur la surface chaude et docile du fumier. Il se tourna une dernière fois sur l'endroit où s'était interrompue la vie de son père (on n'y voyait plus rien à part le brouillard), puis poussa son Ia en avant.

La boule était tellement massive que la diriger demandait toute son attention et ses forces, et il se plongea totalement dans son labeur. Des pensées floues lui traversaient la tête : sur le destin, sur son père, puis sur lui-même. Bientôt, il remarqua qu'il n'avait pas réellement besoin de pousser la boule. Il lui suffisait juste de courir derrière elle sur ses fines pattes noires en levant légèrement le nez pour empêcher la longue protubérance de chitine de sa mâchoire inférieure de s'accrocher au béton. Au bout de quelques pas, ses pattes s'enfoncèrent assez profondément dans le fumier pour que la boule le soulève et l'entraîne dans son mouvement. La vie regagna ainsi le cours normal que la boule suivait.

La dalle de béton passait devant ses yeux et les ténèbres s'abattaient. Et, lorsque la lumière revenait, il ne se souvenait que vaguement d'avoir rêvé de quelque chose de très bon, juste une minute avant.

Ia vais grandir, ia me marierai et aurai des enfants, et ia leur apprendrai tout ce que papa m'a appris. Et ia serai aussi bon avec eux qu'il l'était avec moi. Et quand ia serai vieux, ils prendront soin de moi et nous aurons tous une longue vie heureuse, pensait-il en se réveillant et en remontant la pente sinusoïdale d'une nouvelle journée de mouvement à travers le brouillard, en direction de la plage.

3

Vivre pour vivre

En haut, il n'y avait que le ciel et un nuage au centre, comme un visage plat et souriant, aux yeux fermés. En bas, il n'y avait longtemps rien eu, à part le brouillard. Quand il s'était enfin dissipé, Marina était tellement fatiguée qu'elle tenait à peine en l'air. De cette hauteur, on ne remarquait pas beaucoup de traces de civilisation : quelques jetées en béton, un abri sur la plage, les bâtiments du centre de vacances et des maisonnettes sur des collines lointaines. On voyait aussi, au sommet de l'une d'entre elles, la silhouette d'une antenne orientée vers le zénith et un petit wagon dételé, destiné à l'habitation des cheminots, que l'on appelle d'un mot bien concentré : *bytovka*[1]. Le wagon et l'antenne étaient les choses les plus proches du ciel d'où Marina descendait lentement, et elle remarqua distinctement que l'antenne était rouillée et cassée, que la porte du wagon était condamnée avec deux planches clouées en croix et que les carreaux des fenêtres étaient brisés. Tout cela sentait la tristesse, mais le vent emporta Marina et elle oublia aussitôt ce qu'elle venait de voir. Déployant ses ailes translucides, elle fit

1. Mot d'argot, du verbe *bytovat'* (exister) et de l'adjectif *bytovoï* (quotidien, usuel).

un cercle d'adieu en l'air, regarda pour la dernière fois le bleu infini au-dessus d'elle et entreprit de chercher un endroit pour atterrir.

En fait, il n'y avait pas l'embarras du choix : seul le quai constituait une piste adéquate. Elle survola les dalles en béton et se mit à bouger les jambes alors qu'elle était encore en l'air. L'atterrissage faillit finir en catastrophe : Marina manqua d'enfoncer le talon aigu de son escarpin dans l'une des grilles qui recouvraient les caniveaux de drainage, entre les dalles. Dès qu'elle toucha le sol, elle se mit à courir en martelant le béton de ses talons rouges. Il lui fallut une bonne trentaine de mètres pour évacuer son énergie cinétique. Dès qu'elle parvint à s'immobiliser, elle regarda autour d'elle.

Le premier objet qu'elle rencontra dans ce monde nouveau pour elle fut un grand panneau en contre-plaqué où l'on avait dessiné un panorama du futur soviétique et de ses beaux habitants. Marina contempla pendant

---

DES ÉTRANGERS SONT PARMI NOUS

Conférence sur les soucoupes volantes et leurs pilotes.
Nouveaux faits. Projection de photos.
Pour ceux qui le souhaitent, après la conférence :

SÉANCE D'HYPNOSE MÉDICALE

Conférence et séance
par A. Ou. Arachneïevski,
lauréat du congrès paranormal de Voronej,
docteur ès sciences techniques.

près d'une minute leurs visages nordiques délavés au-dessus desquels flottaient des stations spatiales qui ressemblaient aux galettes d'un livre de cuisine. Puis elle glissa son regard vers l'affiche qui couvrait la moitié du panneau. Elle était écrite à la main, sur du papier Whatman, avec une grosse plume.

Les dernières bouffées de brouillard tremblaient encore dans les buissons, par-delà l'affiche, mais le ciel était déjà clair et le soleil brillait de tous ses feux. Au bout du quai, un pont surplombait un égout qui s'écoulait vers la mer. Derrière lui, se dressait un kiosque d'où provenait le genre de musique qui convenait parfaitement à un matin d'été sur une plage. À la droite de Marina, un vieillard à la tignasse d'un gris jaunâtre dormait sur un banc devant le pavillon des douches, et, à quelques mètres sur sa gauche, une femme en blouse blanche attendait des clients près d'un monticule aux allures de gibet.

Marina entendit un bruissement d'ailes au-dessus d'elle. Elle leva la tête pour assister à l'atterrissage de deux autres fourmis pondeuses qui répétaient les manœuvres qu'elle venait de faire. Un sac comme celui de Marina pendait sur l'épaule de chacune d'entre elles et elles étaient également habillées d'une jupe en toile de jean, d'une blouse de coopérative et d'escarpins rouges à talons aiguilles. Celle qui volait en tête et plus bas dépassa rapidement le parapet du quai et, reprenant de la hauteur, survola la mer. L'autre poursuivit son approche avant de se mettre à battre fortement des ailes pour tenter de gagner de l'altitude, mais il était trop tard et elle percuta, à toute vitesse, la vitrine du kiosque. Marina détourna les yeux, remarquant à peine les quelques passants qui se ruaient vers le lieu de l'accident, attirés par les cris et le bruit de verre brisé.

Une autre fourmi qui venait de se poser parcourait le quai, ailes retroussées, en balançant son sac. Elle croisa Marina qui assura son fardeau sur son épaule et prit tranquillement la direction opposée, vers une longue rangée de bancs.

La matinée était tranquille et l'endroit calme. Tout aurait été parfait si les escarpins ne lui avaient pas blessé les pieds. À son passage, des hommes bronzés, en maillot de bain, lançaient des œillades appréciatives sur son corps svelte et elle sentait chaque fois une douce onde de chaleur l'envahir et des tiraillements au creux de l'estomac. Elle parvint ainsi jusqu'au pont, admira la beauté de l'écume là où la mer se frottait sur la côte et le doux murmure des galets qui roulaient sous les vagues. Puis elle fit demi-tour.

Au bout de quelques pas, elle ressentit une vague angoisse : il était temps de faire quelque chose, mais elle ignorait quoi. Elle ne finit par le comprendre (ou plutôt par s'en souvenir) que lorsqu'elle prêta attention au léger frôlement derrière son dos.

Elle n'avait plus besoin des ailes qui traînaient sur ses pas, dans la poussière. Elle s'approcha du bord du trottoir, regarda autour d'elle et plongea dans les buissons. Là, elle s'accroupit et tendit la main derrière l'épaule pour attraper la racine de l'aile et tirer de toutes ses forces. Rien ne se passa. Elle était bien fixée. Marina essaya la même chose de l'autre côté, sans plus de résultat. Alors elle plissa le front et réfléchit.

– Eh oui, marmonna-t-elle en ouvrant son sac.

Une petite lime lui tomba aussitôt sous la main. Limer les ailes n'était pas douloureux, mais désagréable.

Le plus irritant était le crissement aigu qui provoquait comme une douleur dentaire dans les omoplates. Finalement, les artefacts tombèrent à terre et il ne resta que des saillies dans le dos et deux trous dans la blouse. Marina rangea sa lime et un calme joyeux envahit son âme. Elle quitta les buissons pour rejoindre le quai inondé de lumière.

Le monde autour d'elle était beau. Il lui était particulièrement difficile de dire en quoi précisément consistait cette beauté. Pris individuellement, les objets qui l'entouraient, arbres, bancs, nuages, passants, n'étaient pas particulièrement esthétiques, mais l'ensemble produisait une claire promesse de bonheur, comme une parole d'honneur donnée par la vie.

En son for intérieur, une question l'envahit. Naturellement, elle n'était pas exprimée en paroles, mais d'une autre manière et signifiait :

Que veux-tu, Marina ?

Et Marina, après avoir mûrement réfléchi, répondit de la même manière, par quelque chose de malin en y mettant tout l'espoir obstiné d'un jeune organisme.

– C'est ça, la chanson, chuchota-t-elle.

Elle inspira profondément l'air iodé et s'élança sur le quai à la rencontre de la journée brillante. Plusieurs autres pondeuses se promenaient aux alentours. Elles se jetaient les unes aux autres des regards jaloux, et Marina les imitait. D'une certaine manière, cela n'avait aucun sens, car il n'y avait strictement aucune différence entre elles.

Marina venait à peine de penser qu'il lui fallait se trouver une occupation lorsqu'elle remarqua un panneau fléché cloué à un poteau.

> **Coopérative « LUES[1] »**
> **Vidéo-bar avec projection permanente** ⇨
> **de films français**

La flèche pointait sur un sentier qui menait vers un grand bâtiment gris derrière les arbres.

Le vidéo-bar n'était rien d'autre qu'une cave sentant le renfermé, aux murs mal repeints. Des paquets de cigarettes vides étaient disposés en étalage au-dessus du comptoir et un écran scintillait dans un coin. À l'entrée, Marina fut arrêtée par un gros gars en costume de sport qui lui demanda deux roubles soixante. Elle fouilla dans son sac et y trouva un petit porte-monnaie en similicuir noir qui contenait deux roubles froissés et trois pièces de vingt kopecks. Elle les versa dans la paume musclée qui serra l'argent avec trois doigts et, du quatrième, lui indiqua une place libre à l'une des tables.

Les spectateurs étaient pour la plupart des filles qui venaient d'atterrir et portaient des blouses au dos troué. La télé qu'elles regardaient comme ensorcelées ressemblait à un petit aquarium dont la seule face transparente se serait couverte, de temps en temps, de rides bariolées. Marina s'installa confortablement et se mit, elle aussi, à regarder l'aquarium.

À l'intérieur nageait un homme joufflu d'âge moyen, un manteau de cuir doublé jeté sur les épaules. En s'approchant du carreau, il lança à Marina un regard

---

1. Mot latin signifiant « maladie contagieuse ». En russe, synonyme savant de syphilis.

humide, puis s'assit dans une voiture rouge et roula jusqu'à chez lui. Il vivait dans un grand appartement, avec sa femme et une jeune servante qui ressemblait à Jeanne d'Arc. L'intrigue n'en faisait pas sa maîtresse, mais Marina se demanda immédiatement s'il l'avait sautée pendant le tournage ou non.

L'homme aimait plusieurs femmes et, souvent, quand il se tenait près d'une fenêtre couverte de pluie, elles l'embrassaient dans le cou et pressaient leur visage contre son dos sécurisant. À cet endroit, il y avait une contradiction évidente dans le film. Marina voyait clairement que le dos de l'homme était très sécurisant (elle y pressait mentalement sa joue), mais il passait son temps à abandonner des femmes dans des chambres d'hôtel et pourtant cela n'avait aucune incidence sur le sentiment de sécurité qu'il inspirait. Pour que sa vie sexuelle intense prît l'amplitude romanesque nécessaire à un film, il se retrouvait tantôt dans la jungle africaine, à faire une interview d'un chef mercenaire tout en se baissant pour éviter les balles qui sifflaient à leurs oreilles, tantôt au Viêt-nam où, un micro à la main, il marchait, le casque coquettement penché, parmi les corps de jeunes Américains qui gisaient dans des poses attractives, ne leur cédant, malgré l'âge, ni en courage ni en force masculine. Une belle chanson française accompagnait les images et faisait couler des larmes transparentes des yeux de Marina. Bref, le film était fin et complexe, mais elle ne s'intéressait qu'au développement du sujet principal et elle soupira avec soulagement lorsque le héros se retrouva à nouveau, par une matinée brumeuse, dans une chambre d'hôtel de son vieux Paris et qu'une joue définitive se pressa contre son dos large et sécurisant.

Marina était tellement plongée dans ses rêves qu'elle

ne remarqua pas à quel moment l'aquarium magique s'éteignit ni comment elle se retrouva dans la rue. Seul le soleil, en l'éblouissant, la fit revenir à elle. Elle se réfugia à l'ombre d'une allée de cyprès et poursuivit son chemin en essayant sur elle les morceaux du film qui lui avaient plu.

La voici au lit. Elle porte une robe de chambre de soie jaune, et une corbeille de fleurs est posée sur le chevet. Le téléphone sonne. Elle décroche et entend la voix de l'homme joufflu :

– C'est moi. Nous nous sommes séparés il y a à peine cinq minutes, mais vous m'avez permis de vous téléphoner à tout moment.

– Mais je dors déjà, répond Marina d'une voix de gorge.

– Il y a des centaines de distractions à Paris, à cette heure-ci, dit l'homme.

– D'accord, admet Marina, mais que ce soit quelque chose d'original.

Ou encore : Marina (elle porte des lunettes noires étroites) claque la portière de la voiture. L'homme joufflu s'arrête à côté d'elle et fait une fine remarque sur l'architecture. Marina lève les yeux et le regarde avec un froid intérêt.

– Nous nous connaissons ?

– Non, répond l'homme, mais on pourrait se connaître si nous partagions la même chambre…

Soudain, Marina oublia le film et s'arrêta.

Mais où est-ce que je vais ? se demanda-t-elle, désemparée, en regardant les alentours.

Devant elle s'élevait un immeuble solitaire blanc de quatre étages, aux balcons couverts de lierre, à côté d'un terrain vague poussiéreux, creusé de traces de pneus. Au bord de celui-ci, se dressait un w.-c.

(tout le confort dans la cour) en forme de maisonnette villageoise stylisée. Il y avait aussi un arrêt d'autobus désert et quelques murets de pierre. Marina, sentant clairement qu'elle ne devait plus avancer, regarda en arrière et comprit qu'elle ne devait pas reculer non plus.

Il faut faire quelque chose, pensa-t-elle. Quelque chose dans le genre de l'amputation des ailes, mais différent. Il y a un moment, tout lui avait semblé clair : elle marchait dans l'allée avec l'idée confuse de savoir où elle allait et pourquoi, mais cela lui était sorti de la tête. Elle ressentit la même angoisse qu'elle avait éprouvée sur le quai.

– Si nous partagions la même chambre, marmonna-t-elle, la même cham... Mon Dieu !

De la paume bien ouverte, elle se frappa le front. Il fallait commencer à creuser le trou.

Elle trouva l'endroit convenable près du bâtiment principal du centre de vacances, dans un espace entre deux garages où la terre était assez meuble pour pouvoir être creusée. Marina dispersa, du bout de son escarpin, quelques bouteilles vides et des boîtes de conserve rouillées, et ouvrit son sac pour en sortir une pelle rouge toute neuve. Elle s'accroupit pour la plonger profondément dans la terre argileuse de Crimée.

Elle creusa le premier mètre sans difficulté particulière. Après une couche de terre, l'argile mélangée avec du sable était facile à travailler. Lorsque le bord du trou se trouva au niveau de sa poitrine, elle regretta de n'avoir pas fait une excavation plus large : elle aurait pu extraire les gravats plus facilement. D'abord, elle retournait, avec la pelle, la terre sous ses pieds, puis elle la jetait dehors par poignées. Parfois, elle butait sur des morceaux de brique, des pierres, des tessons de bouteille et des racines pourries d'arbres abattus. Cela compliquait le travail, mais pas longtemps. Cette occupation l'absorba tellement qu'elle perdit la notion du temps. En se débarrassant d'une grosse pierre mouillée, elle s'étonna soudain de voir que le ciel était devenu sombre.

Marina sentit qu'il fallait désormais creuser horizontalement. C'était plus compliqué, car la terre était plus dure et la pelle heurtait souvent des cailloux, mais il n'y avait rien à faire. Serrant les dents, elle s'impliqua tout entière dans son travail et, du monde entier, il ne resta plus que la terre, les pierres et la pelle. Lorsqu'elle revint à elle, la première chambre était presque prête. Autour d'elle tout était noir. Elle rampa jusqu'à la partie verticale du tunnel et se rendit compte que des étoiles scintillaient mystérieusement au-dessus d'elle.

Malgré la fatigue écrasante qu'elle ressentait, elle savait qu'il ne fallait surtout pas aller se coucher. Elle sortit du trou et entreprit de disperser les gravats rejetés pour que personne ne pût remarquer l'entrée. Il y avait trop de terre, et Marina comprit qu'il n'était pas possible de la cacher toute dans les environs. Elle réfléchit un peu, enleva sa jupe et fit un nœud à l'une des extrémités. Elle obtint ainsi un sac assez grand qu'elle remplit à mains nues avant de le charger avec difficulté sur l'épaule et de le porter, en vacillant, vers le terrain vague. La lune brillait et, au début, elle eut peur de sortir de l'ombre. Lorsqu'elle se décida, elle courut rapidement à travers le terrain pour déverser la terre au bord de la route. Elle recommença ce manège plusieurs fois. À la deuxième, elle avait moins peur. À la troisième, elle ne loucha même plus sur les fenêtres de l'immeuble de quatre étages éclairées par de faibles lumières électriques ou par la clarté de la lune. Les escarpins l'empêchaient de marcher vite car un talon s'était cassé pendant qu'elle creusait le trou. Elle finit par les enlever, comprenant qu'elle n'en avait plus besoin.

Courir pieds nus était plus facile, et bientôt un tas de terre s'éleva sur le bord de la route comme déposé là par une benne basculante. En revanche, le trou était devenu invisible à autrui. Marina ne tenait plus debout, mais elle devait encore faire un dernier effort. Elle trouva un morceau de l'emballage déchiré d'une cartouche de cigarettes (on y voyait un parapluie dessiné avec l'inscription *La Parisienne* en rouge). En redescendant dans sa galerie, elle s'en servit pour recouvrir l'entrée. Là, tout était fait. Elle avait réussi.

– Bien, marmonna-t-elle, en se laissant glisser jusqu'au sol, avec un sourire heureux, le long du mur rugueux de terre.

Elle se souvint de l'homme joufflu du film.

– Bien. Mais que ce soit quelque chose d'original...

Le lendemain, elle dormit toute la journée. Elle se réveilla une seule fois, pour quelques instants, rampa vers la sortie et regarda dehors en écartant un peu le carton. Un rayon de soleil oblique frappa le trou où pénétra un doux gazouillis d'oiseaux. Il reflétait une telle joie de vivre qu'il ne semblait même pas naturel, comme si Innokenti Smoktounovski[1] s'était assis sur un arbre et chantait comme un rossignol. Marina remit le carton à sa place et retourna dans sa chambre.

Quand elle se réveilla la fois d'après, elle sentit qu'elle avait faim. Elle ouvrit le sac qui, jusque-là, avait résolu tous ses problèmes, mais il ne restait qu'une paire de lunettes de soleil étroites, comme celles de la fille du film. Marina décida de sortir, mais changea d'avis lorsqu'elle se rendit compte que la jupe dont elle avait

---

1. Grand acteur russe de cinéma et de théâtre.

fait un sac n'était plus là. Elle avait dû la laisser près de la route, avec le dernier chargement de terre. De plus, elle se souvenait d'avoir jeté les escarpins au moment où ils avaient commencé à la gêner. Pas question de sortir sans ses habits. Elle s'assit par terre, pleura un bon coup, puis s'endormit de nouveau.

Lorsqu'elle se réveilla, il faisait nuit. Pendant le sommeil, quelque chose en elle avait changé. Elle ne se demanda même pas si elle pouvait sortir comme elle était. Elle rechercha simplement sa pelle dans le noir, à tâtons, repoussa le carton, s'extirpa de son trou, s'assit et regarda le ciel.

La nuit de Crimée est étonnamment belle. Lorsqu'il s'obscurcit, le ciel semble s'élever plus haut que partout ailleurs, et des milliers d'étoiles deviennent visibles. De lieu de villégiature pan-soviétique, la péninsule se transforme imperceptiblement en province romaine. Le visiteur ressent au fond de son âme les sentiments ineffablement compréhensibles de tous ceux qui voyageaient jadis la nuit sur des routes anciennes en écoutant la stridulation des cigales et regardaient le ciel sans arrière-pensées. Les cyprès étroits et élancés ressemblent aux colonnes de ruines très anciennes, la mer bruit comme au bon vieux temps (quelque vieux qu'il soit), et, avant de pousser sa boule de fumier devant soi, on parvient à comprendre, l'espace d'un instant, à quel point la vie est mystérieuse et surprenante et combien minuscule en regard de ce qu'elle pourrait être.

Marina baissa les yeux et secoua la tête afin de mettre de l'ordre dans son esprit. Les pensées ainsi secouées s'alignèrent de la manière suivante : aller au marché et voir ce qui s'y passait.

Elle marcha lentement vers le rocher obscur du centre de vacances, en soulevant les pieds bien haut de manière à ne pas trébucher. On ne voyait presque rien, et, malgré toutes ses précautions, elle buta sur une rigole qui courait devant elle et s'étala de tout son long, manquant de se casser le genou. La douleur lui fit voir plus clairement les choses et elle se rendit compte qu'il était beaucoup plus commode et sûr de marcher à quatre pattes. Elle trottina en sautillant, traversa un sentier éclairé entre des parterres de fleurs et courut vers les réverbères du quai. Elle marchait sur trois pattes, serrant dans la quatrième la pelle ébréchée par son long travail.

Le marché était situé à même le quai, sous une galerie métallique. Il n'y avait personne, et Marina se mit à fouiller entre les étals, à la recherche de nourriture. En une vingtaine de minutes, elle dénicha quelques poires et pommes écrasées, des prunes, deux épis de maïs à moitié rongés et une grappe de raisins absolument intacte. Elle entassa ses trouvailles dans un sac de plastique déchiré qui traînait là et se dirigea vers des tables vides près d'une rôtissoire : elle avait remarqué, à son premier passage diurne, qu'on y buvait de la bière en mangeant du kebab, et elle voulait voir s'il ne restait pas quelque chose.

– Eh, la femelle, où avez-vous pris ces raisins[1] ?

Marina fut tellement effrayée par cette voix inattendue

---

1. Ce genre d'expression, fréquente en russe, s'explique par le contexte : en URSS, la révolution ayant aboli l'usage des mots « monsieur » et « madame », on ne pouvait s'adresser à des inconnus qu'en les appelant « camarade » ou « citoyen ». Dans les années soixante-dix, on prit l'habitude de court-circuiter ces formes idéologiques en employant les mots « homme » et « femme ». Il était donc habituel (et cela l'est toujours dans la Russie actuelle), bien qu'un peu vulgaire, de se faire interpeller

qu'elle faillit laisser tomber son sac. Mais lorsqu'elle fit face à l'intruse, elle eut encore plus peur et recula d'un saut. Une femme maigre se tenait devant elle. Elle portait une culotte tachée d'argile et une blouse déchirée. Ses yeux brillaient d'un feu sauvage et ses cheveux, pleins de terre, étaient ébouriffés. De profondes griffures marquaient ses bras et ses jambes. D'une main, elle serrait contre sa poitrine une caisse en contre-plaqué qui contenait des restes de nourriture et, de l'autre, elle tenait une pelle identique à celle de Marina. À ce signe, celle-ci comprit que c'était une pondeuse, comme elle.

— Par là, répondit-elle en désignant les comptoirs du bout de sa pelle. Seulement, il n'y en a plus. C'est terminé.

La femme sourit suavement et fit un pas vers Marina, sans détacher d'elle ses yeux brillants. Marina, comprenant où elle voulait en venir, se pencha en avant, et pointa sa pelle devant elle. Alors l'intruse, jetant sa caisse dans l'herbe, se mit à siffler et se rua sur elle en visant le ventre avec sa tête. Marina parvint à se protéger avec son sac et lui assena un coup de pelle sur le visage. Pour faire bonne mesure, elle ajouta un coup de pied. La femme hurla et fit un bond en arrière.

— Fiche le camp, salope ! cria Marina.

— Salope toi-même, siffla la femme dans un tremblement. Et elles viennent s'installer chez nous, ces chiennes infâmes…

Marina poursuivit son avantage en brandissant son arme, poussant son adversaire à disparaître dans l'obscurité, après quoi, elle se pencha sur la caisse abandonnée,

---

par un « Eh, la femme ! ». Quant au verbe « prendre », il a dans la conversation de tous les jours le sens d'acheter.

choisit quelques tomates molles, mouillées mais pas trop écrasées et les mit dans son sac.

– On verra bien qui s'installe chez qui ! Guenon crottée ! cria-t-elle victorieusement dans la direction où l'autre s'était sauvée, avant de se remettre en marche vers le pont.

Au bout de quelques mètres, elle s'arrêta, réfléchit et revint sur ses pas pour ramasser la caisse laissée par la guenon crottée.

Qu'est-ce qu'elle est horrible ! pensa-t-elle avec dégoût, tout en marchant.

De retour chez elle, elle empila ses trouvailles dans un coin de son trou, puis sortit de nouveau. Comme si elle avait des ailes, elle courut à quatre pattes vers le centre de vacances. Elle était d'excellente humeur.

– Telles sont nos chansons, chuchotait-elle, en scrutant l'obscurité d'un œil vigilant.

Elle trouva enfin ce qu'elle cherchait : au milieu d'une pelouse trônait une petite meule de foin couverte d'une bâche plastique. Elle l'avait remarquée dès le premier jour. Il lui fallut plusieurs voyages pour rapporter tout le foin chez elle. Lorsque ce fut fait, elle s'approcha furtivement du mur du centre de vacances et, s'étonnant et se réjouissant de son propre courage, le longea silencieusement en se baissant lorsqu'elle passait près des fenêtres. L'une d'elles était ouverte et l'on entendait la respiration bruyante de gens qui dormaient. En détournant le regard pour ne pas voir par hasard son reflet dans une vitre, elle se glissa à pas de loup par l'ouverture sombre et béante et, d'un bond, décrocha d'un seul geste le beau rideau épais qui la couvrait. Puis, sans se retourner, elle se rua vers son trou.

4

L'aspiration d'une phalène
vers le feu

Dans son cadre lourd de bois foncé, en demi-cercle, le miroir suspendu au-dessus du lit semblait complètement noir : il reflétait le mur le plus sombre de la pièce. Parfois, Mitia levait la main et claquait son briquet, faisant naître des vagues orangées sur toute la surface de la glace, mais il devenait rapidement brûlant et il lui fallait l'éteindre. Un peu de lumière, issue de la fenêtre, tombait sur le lit, mais le soir avançait et les flonflons du bal en plein air éclatèrent. À travers le rideau de mousseline, les lumières multicolores des ampoules clignotantes (ou plus exactement leurs reflets sur le feuillage) perçaient l'obscurité naissante.

Mitia était allongé sur le lit, les baskets croisées sur le cadre métallique, et caressait de la main Marc Aurèle Antonin, réduit par les siècles en un petit parallélépipède vert qu'il ne parvenait plus à feuilleter à cause de la pénombre. À côté gisait un autre livre, chinois, intitulé *Conversations vespérales des moustiques U et Zé.*

C'est étonnant, pensait-il, *plus la chanson est bête, plus la voix est pure et plus on est attendri. Évidemment, il ne faut pas réfléchir au sens des paroles. Sinon...*

Fatigué d'être couché, Mitia sortit du livre une feuille de papier couverte d'écriture, la plia en quatre et se leva avant de la fourrer dans sa poche. Il trouva, à tâtons, ses cigarettes sur la table, ouvrit la porte et sortit. L'étroit passage entre les bungalows des estivants n'était éclairé que par la fenêtre voisine. On distinguait un portillon, un banc près d'une clôture en treillis métallique et des herbes longues et pâles dans le lit d'un ruisseau à sec. Mitia ferma la porte et esquissa un *hmmm* en voyant son propre reflet sur la vitre. Depuis quelque temps, il avait l'air bizarre dans l'obscurité : les ailes lourdes pliées dans son dos semblaient former comme un manteau de brocart argenté qui tombait jusqu'à ses pieds, et il se demandait parfois ce que voyaient les autres à leur place.

Derrière le rideau baigné de lumière du bungalow voisin, on jouait aux cartes en discutant. Un couple marié y habitait, mais, à en juger d'après la conversation, ils avaient des invités.

– Maintenant, les *tchervi*[1], disait une voix masculine. Bien sûr que tu as changé, Oksana. Ce n'est même pas la peine de le demander. Tout est devenu différent avec toi.

– Mais est-ce mieux ou pire ? demanda une voix féminine aiguë et exigeante.

– Comment dire... Maintenant, j'ai une responsabilité, répondit l'homme pensivement. Je sais où aller après le travail. Et puis l'enfant, tu comprends... Je joue à l'aveuglette.

– Mais tu es déjà à moins quatre cents, intervint une autre voix masculine.

– Et que faire ? fit l'autre. Neuf de vers.

Mitia alluma une cigarette (quelques insectes se précipitèrent vers la flamme de l'allumette), franchit le

---

1. Les cœurs du jeu de cartes, mais ce mot désigne également les vers.

portillon et sauta par-dessus le ruisseau asséché. Franchissant prudemment les quelques mètres d'obscurité complète, il se fraya un passage à travers les buissons, déboucha sur l'asphalte et s'arrêta pour regarder derrière lui. La ligne claire de la route parvenait jusqu'au sommet de la colline avant de s'interrompre. Plus loin, se dessinaient les silhouettes noires des montagnes. L'une d'elles, celle qui se trouvait le plus à droite, rappelait, vue de la mer, un énorme aigle de fer, la tête penchée en avant. De la vedette qui passait chaque soir à proximité, on remarquait parfois des feux mystérieux à son sommet. Selon toute apparence, c'était un phare, mais au moment où Mitia regardait, aucune lumière ne brillait.

Il tira quelques, bouffées de sa cigarette avant de jeter le mégot sur l'asphalte et de l'écraser soigneusement. Puis il se mit à courir lentement dans le sens de la pente. Ses ailes se déployèrent et se posèrent sur la vague d'air qui venait à sa rencontre. Il ne lui fallut que quelques pas pour prendre son envol. Il passa entre le feuillage des arbres, plia les jambes pour ne pas toucher le câble électrique (il était invisible dans l'obscurité et Mitia s'était déjà blessé à cause de lui), et quand il n'y eut plus que le ciel pur et sombre au-dessus de lui, il entreprit de prendre de la hauteur en faisant de grands cercles. Bientôt, l'air se fit plus frais. Lorsque son dos commença à lui faire mal, à cause de la fatigue, il décida que son altitude était suffisante et regarda en bas.

Au sol, comme n'importe quel autre soir, seuls luisaient de rares réverbères et des fenêtres. Il y avait peu de sources de lumière assez fortes pour être même vaguement attirantes : quelques enseignes de restaurants, un néon rose composant le mot « Lues » à l'angle d'une tour sombre du centre de vacances et la lueur scintillante du bal en plein air situé à proximité. Vu d'en haut, on aurait dit une fleur ouverte, aux couleurs sans cesse changeantes, qui, en guise de parfum, aurait exhalé de la musique. L'instinct poussait vers cette fleur tous les insectes des environs chaque fois qu'une patte quelconque y branchait l'électricité. Mitia décida d'y faire une descente pour mesurer l'ambiance.

Il perdit de la hauteur dans un vol rasant qui lui fit presque accrocher la cime des arbres. De près, le dancing cessa de ressembler à une fleur pour se transformer en souvenir des fêtes de Noël de son enfance : c'était un énorme nœud de guirlandes électriques qui brillait à travers les branches suintantes d'une musique étonnante de banalité et de beauté.

– Depuis longtemps, ton ne-e-uf couleur cerise m'a rendue folle, hurlait la voix d'une démente inconnue dans une dizaine de puissants haut-parleurs.

En fixant attentivement le sentier où il avait l'habitude de se poser, Mitia déploya largement ses ailes et, faisant face au vent qui lui fouettait le visage, il resta suspendu en vol stationnaire, ce qui lui permit d'amortir le choc de son atterrissage sur le sol dur et sec. Enfin posé, il quitta le sentier et s'avança sur le gazon.

Le dancing en plein air n'était rien d'autre qu'un terrain bitumé entouré d'une haute clôture de fil de fer. À l'une des extrémités s'élevait une estrade en bois sur laquelle s'empilaient les boîtes noires des haut-parleurs. Le long de la clôture, quelques bancs en rangs désordonnés étaient bondés de gens ; quant à la piste de danse, remplie de corps échauffés qui se tortillaient en cadence, elle était bourrée comme un autobus à l'heure des vers[1]. Mitia paya cinquante kopecks pour l'entrée, passa à côté de quelques mouches qui attendaient à la porte et s'installa au bout d'un banc.

Au cours de la soirée, la composition de la foule changea entièrement à plusieurs reprises. Fatigués de danser, certains rampaient jusqu'aux bancs ou partaient. D'autres prenaient leur place, et la piste ne désemplissait pas, tandis que la musique ne s'arrêtait pas un seul instant. Mitia aimait à penser que c'était à cela que ressemblait la vie, même si la conscience du fait qu'il était, lui aussi, assis sur un banc et qu'il contemplait d'autres visages en sueur l'empêchait de jouir totalement de son aliénation.

Soudain, la musique se fit plus forte et les lampes s'éteignirent. Elles se rallumèrent presque aussitôt, mais sur un rythme stroboscopique, arrachant à l'obscurité, à chaque flash, une foule monolithique immobile, tantôt verte, tantôt bleue, tantôt rouge qui, dans la fraction de seconde de son existence, ressemblait à un débarras de statues en plâtre rassemblées là en provenance de tous les jardins publics et camps de pionniers soviétiques. Au bout de quelques instants, il devint clair aux yeux de Mitia qu'en réalité il n'y avait ni danses, ni dancing, ni danseurs, mais uniquement une succession de jardins publics morts dont chacun n'existait que pendant la demi-seconde où s'allumaient les ampoules d'une couleur déterminée, avant de disparaître pour l'éternité, laissant sa place à un autre qui ne différait du précédent que par la teinte de son ciel et la pose de ses statues.

---

1. Jeu de mots intraduisible. En russe, l'heure de pointe se dit *tchas pik*, ce qui peut également signifier « heure de pique ». L'auteur a remplacé pique par cœur, ce qui donne *tchas tcherveï*, et, dans son contexte, « heure des vers ».

Mitia se leva, se faufila entre des filles en robes vertes et bleues qui bourdonnaient joyeusement et sortit de l'enceinte du bal. L'entrée était gardée par quelques surveillants aux muscles hypertrophiés de culturistes dont même les couleurs des survêtements incitaient à la prudence. Par une trouée entre les arbres, un réverbère violet brillait faiblement. Il s'éclaira soudain de manière intense, puis l'ampoule clignota trois ou quatre fois de manière erratique avant de s'éteindre. Obéissant à une obscure impulsion, Mitia s'élança en avant dans la nuit.

Les arbres qui l'empêchaient de distinguer le ciel se dissipèrent bientôt, comme des nuages, et un buste verdi de Tchekhov, installé dans les buissons, regarda Mitia d'un air rêveur. Près de lui, des tessons d'une bouteille de vodka brillaient sous l'éclat de la lune. Le quai était vide. Seul un groupe de joueurs de dominos buveurs de bière était assis sous l'un des réverbères blafards. Des voix alertes et les claquements des pièces signalaient de loin sa présence. Mitia pensa qu'il devait absolument se baigner et s'avança le long de la rangée de bancs dont la cambrure féminine lui semblait un appel tourné vers la mer.

Un cri de triomphe féminin retentit soudain du côté du marché.

– On verra bien qui s'installe chez qui ! Guenon crottée !

En allumant une cigarette, Mitia vit devant lui une silhouette sombre, les coudes appuyés sur le parapet de la promenade. Il remarqua le long manteau lourd à la nuance argentée qu'il ne connaissait que trop bien et hocha la tête avec méfiance. Une telle rencontre lui semblait incroyable.

– Dima[1] ! appela-t-il.

La silhouette tourna la tête et eut le même geste incrédule que Mitia.

– Mitia ? Oh là ! Tu es venu aussi ?

– On verra bien qui est venu chez qui, répondit Mitia en s'approchant et en serrant la main tendue. Quelle étrange coïncidence. Quand as-tu quitté Moscou ?

– Il y a deux jours.

– Et quoi de neuf, là-bas ?

– La pluie, répondit Dima. C'est l'automne.

– T'attends quelqu'un ?

Dima secoua négativement la tête de droite à gauche.

– On fait un tour ?

Dima acquiesça.

Ils descendirent sur la plage par un escalier en bois qui grinça sous leurs pas, sautèrent sur de gros galets sonores et atterrirent devant une étroite bande d'écume. La route argentée, large et droite qui menait jusqu'à la lune par la mer, rappelait, par sa couleur, les ailes d'une phalène.

– C'est beau, dit Mitia.

– C'est beau, consentit Dima.

– N'as-tu jamais voulu voler vers cette lumière ? Je veux dire, pas pour s'aérer, mais pour de vrai, jusqu'au bout ?

– Il y a bien longtemps, admit Dima, mais ce n'était pas moi.

Ils marchèrent lentement le long de la frontière brillante de la grève.

– Tu es seul ici ?

– Je suis toujours seul, répondit Dima avec dignité.

---

1. Tout comme le prénom Mitia, le prénom Dima est un diminutif de Dmitri.

— J'ai remarqué, ces derniers temps, fit Mitia, que certaines citations se mettent à briller comme des rampes d'escalier à cause d'une utilisation trop fréquente.

— Qu'as-tu remarqué d'autre, ces derniers temps ?

Mitia réfléchit.

— Cela dépend de ce qu'on entend par là, expliqua-t-il. Nous ne nous sommes pas vus depuis combien de temps ? Un an ?

— À peu près.

— Eh bien, par exemple, j'ai remarqué une chose, cet hiver. À Moscou, nous vivons la plupart du temps dans l'obscurité. Pas au sens figuré, mais au propre. Je me souviens que j'étais debout dans la cuisine, à parler au téléphone, à la lumière d'une faible ampoule jaune qui pendait du plafond. J'ai regardé par la fenêtre et j'ai ressenti comme un choc électrique : il faisait tellement sombre…

— Oui, approuva Dima. J'ai connu une expérience similaire qui m'a fait comprendre une chose : nous vivons tout le temps dans cette obscurité, simplement il arrive parfois qu'il fasse un peu plus clair. À proprement parler, on ne devient phalène que le jour où l'on comprend dans quelle obscurité on se trouve.

— Je ne sais pas, dit Mitia. Il me semble que la division des papillons en nocturnes et diurnes est purement conventionnelle. En fin de compte, ne volons-nous pas tous vers la lumière ? C'est l'instinct.

— Non, nous nous divisons en diurnes et nocturnes justement parce que certains d'entre nous volent vers la lumière et d'autres vers les ténèbres. Réfléchis ! Vers quelle lumière peux-tu voler, si tu penses qu'il fait clair autour de toi ?

— Alors, ils volent tous vers l'obscurité ? demanda Mitia en désignant le quai d'un mouvement du menton.

– Presque.
– Et nous ?
– Vers la lumière, naturellement.
Mitia rit.
– On se sent vraiment comme une franc-maçonnerie.
– Laisse tomber. Ce sont eux, les maçons. Tous. Même ceux qui jouent aux dominos.
– À parler franchement, dit Mitia, je n'ai pas le sentiment de voler vers la lumière, en ce moment.
– Si tu penses que nous volons alors que nous marchons sur la plage, il ne fait aucun doute que tu voles vers l'obscurité. Plus exactement, tu tournes autour d'une boule de fumier en la prenant pour une lampe.
– Une boule de quoi ?
– Peu importe, décida Dima. C'est un concept. Et bien qu'on baigne dans les ténèbres, il n'a rien d'étonnant.
Ils marchèrent un moment en silence.
– Regarde, fit Mitia. Tu dis que c'est l'obscurité. Je me suis envolé ce soir et, en effet, tu as raison. Mais les gens du bal rient, dansent et écoutent de la musique, comme maintenant. C'est une chanson complètement idiote. Le *neuf couleur cerise*, etc. Pourtant, elle me touche et j'ignore pourquoi.
– Ça arrive, acquiesça Dima.
– Je dirais même, poursuivit Mitia avec ferveur, que si ce grillon, grande vedette de Leningrad, prenait la meilleure cornemuse pour interpréter tout le *Daodejing*, il ne s'approcherait pas d'un centimètre de ce que ces idiots (il montra de la tête l'endroit d'où venait la musique) sont presque en train de toucher.
– Mais que veulent-ils toucher ?
– Je ne sais pas, dit Mitia. C'est comme s'il y avait quelque chose d'inestimable dans la vie dont on ne peut

comprendre l'existence qu'une fois que c'est disparu. Et l'on se rend compte alors qu'absolument tout ce que l'on voulait atteindre n'avait de sens que dans la mesure où il y avait cette chose incompréhensible. Et non seulement sans elle rien n'est valable, mais on ne peut même pas l'exprimer. Tu sais jusqu'à quel feu je voudrais voler ? Il y avait un poème... Écoute :

> Je ne regrette pas de la vie le souffle pénible,
> Qu'est-ce que la vie ou la mort ? Je regrette le feu
> Qui rayonna jadis sur l'univers tangible,
> Et s'en va dans la nuit, en pleurant, malheureux...

— Je crois, raisonna Dima, que ce n'est pas à toi de regretter ce feu. C'est plutôt à lui d'avoir pitié de toi. À moins que tu ne considères que c'est toi, ce feu qui part en pleurs dans l'obscurité.
— C'est peut-être ainsi.
— Alors, ne t'enfonce pas dans la nuit, conseilla Dima. Et ne pleure pas.

Une nouvelle chanson se mit à flotter au-dessus du dancing. Une femme demandait tristement au ciel obscur, à la lune et aux deux passants en manteaux sombres qui marchaient sur la plage où elle était et où elle pouvait trouver... le dernier mot était indistinct : elle-même ou quelqu'un d'autre, mais cela n'avait pas d'importance. Ce qui comptait, ce n'était ni les paroles ni la musique, mais une chose différente qui plongeait les auditeurs dans la tristesse en les faisant réfléchir sur ce qu'ils étaient et la manière de se trouver eux-mêmes ou de trouver autre chose.

— Ça te plaît ? demanda Mitia.
— C'est pas mal, répondit Dima. Mais son principal mérite, c'est qu'elle ne comprend pas ce qu'elle chante.

Un peu comme ton camarade qui n'a rien trouvé de mieux que de plaindre la lumière en s'en allant dans les ténèbres. La lumière, Mitia, ne part nulle part et ne pleure pas. Elle n'a pas d'obscurité en elle. Et ton copain se comporte comme s'il accrochait un panonceau dans l'entrée : « Plaignez la lumière en sortant. » Ce n'est pas le feu qui s'en va dans la nuit, c'est lui qui quitte le feu.

– Ce n'est pas mon copain, protesta Mitia.
– Tant mieux ! Moi non plus, je n'aurais pas voulu avoir affaire avec ce type. Tu comprends, tout ce qui provoque de la pitié chez les morts est fondé sur un mécanisme très simple. Un exemple. Si tu montres à un mort une mouche collée sur du papier tue-mouches, il va vomir. Mais si tu lui montres la même mouche sous une musique qui lui permette de s'identifier à elle l'espace d'un instant, il se mettra instantanément à pleurer sur son propre cadavre. Ce qui ne l'empêchera pas d'écraser une dizaine de mouches dès le lendemain. D'ailleurs, ces mouches seront aussi mortes que lui-même.

– Alors, moi aussi, je suis mort ? demanda Mitia.
– Bien sûr. Qu'est-ce que tu pensais ? Mais, au moins, on peut te l'expliquer. Ce qui prouve qu'il te reste une étincelle de vie.
– Merci.
– De rien.

Ils remontèrent sur le quai. Les joueurs de dominos avaient disparu et il ne restait de leur présence qu'un journal agité par le vent, quelques caisses rapprochées sur lesquelles ils s'étaient assis, des bouteilles vides et des écailles de poisson. À cause de la mélancolie inspirée par la musique, c'était comme s'ils n'étaient pas simplement rentrés chez eux, mais s'étaient dissous dans les ténèbres. Il ne manquait que leurs squelettes desséchés à côté des bouteilles et des écailles.

– Pourquoi parlais-tu du bal ? demanda Dima.
– Je l'ai survolé tout à l'heure. J'y ai même atterri. J'y suis resté quelques instants. C'est très bizarre, on a l'impression qu'ils sont aussi morts que des statues de plâtre. Ça me rappelait un jouet : deux ours en bois avec des petits marteaux, de part et d'autre d'une enclume. Si tu fais bouger une barre de bois, les deux ours se mettent à frapper l'enclume.
– Je connais.
– Eh bien, c'était la même chose. Tout le monde dansait, riait et se parlait, mais si tu regardes sous eux, tu vois bouger les barres qui les animent. En avant et en arrière.
– Et alors ?
– Comment ça, et alors ? Ils volaient tous vers la lumière. Mais tu peux toujours voler, il n'y a que le dancing qui brille. Et il en résulte qu'ils semblent tous aller vers la vie alors qu'ils trouvent la mort. En d'autres termes, à chaque instant donné, ils volent vers la lumière, mais se retrouvent dans l'obscurité. Tu sais, si j'écrivais un roman sur la vie des insectes, je décrirais les choses ainsi : un village près de la mer, l'obscurité, quelques ampoules électriques qui brillent et, sous elles, des danses répugnantes. Et ils vont tous vers cette lumière, car il n'y a rien d'autre. Mais, voler vers ces ampoules, c'est...

Mitia claqua des doigts en cherchant le mot adéquat.

– Je ne sais pas comment te l'expliquer.
– Mais tu l'as déjà expliqué en parlant de la lune, dit Dima. La lune, c'est la salle de bal principale. Et en même temps, c'est l'ampoule principale de l'Ilitch

principal[1]. C'est exactement la même chose. La lumière n'est pas vraie.

— Mais non, le contredit Mitia. La lumière est vraie. Elle est toujours vraie. Elle est visible.

— Juste, reconnut Dima. La lumière est tout ce qu'il y a de plus vrai. Mais d'où vient-elle ?

— Qu'est-ce que ça veut dire, d'où ? Mais de la lune.

— Ah bon ? Et il ne t'est jamais venu à l'esprit qu'elle est en réalité absolument noire ?

— J'aurais plutôt dit qu'elle est d'un jaune blanchâtre, répondit Mitia en regardant attentivement le ciel. Ou alors légèrement bleue.

— Cause toujours. Cinq milliards de mouches seront à coup sûr de ton avis, mais tu n'es pas une mouche. Du fait que tu aperçois une tache jaune en regardant la lune, il est impossible de déduire qu'elle est réellement jaune. Je ne conçois absolument pas qu'on puisse ne pas le comprendre. Car la réponse à toutes les questions est suspendue au-dessus de nous.

— Peut-être, fit Mitia. Malheureusement, je ne me pose aucune de ces questions. Mais je t'ai compris. Tu veux dire que, quand je regarde la lune, je vois la lumière du Soleil qu'elle reflète, alors qu'elle ne brille pas d'elle-même. Pourtant, je ne pense pas que ce soit important. Il me suffit de savoir que la lumière existe. Lorsque je la vois, ce qu'il y a d'essentiel en moi me pousse à voler dans sa direction. D'où elle vient, comment elle est et tout le reste, ce ne sont que des parlotes.

— Bien. Tu ne veux pas voler vers la lune. Mais vers quelle lumière te diriges-tu maintenant ?

---

1. Dans les clichés de la propagande soviétique, les ampoules électriques étaient surnommées « ampoules d'Ilitch » en référence à la politique d'électrification de Vladimir Ilitch Lénine.

– Vers le réverbère le plus proche.
– Et après ?
– Vers le suivant.
– D'accord, admit Dima. Faisons alors une expérience sur un seul insecte.

Il tendit la main en avant, les doigts écartés en éventail, et tous les réverbères du quai s'éteignirent.

Mitia s'arrêta.

– Vers quelle lumière vas-tu te diriger, maintenant ? demanda Dima.

– Ça alors ! Comment as-tu fait ?

– Exactement comme tu le penses, dit Dima. Je me suis arrangé avec un électricien qui était assis dans les buissons et attendait mon signe. Et tout cela, rien que pour t'impressionner.

– L'ai-je pensé ?

– Oh que oui !

– Au fond, c'est pas faux. Mais pas tout à fait comme tu dis. J'ai pensé en effet que tu as fait signe à un électricien, mais je n'ai pas pensé aux buissons.

– Tu as même pensé aux buissons.

– Oui, mais cela ne concerne pas les réverbères. Cela concerne la lune. Ou plus exactement Tchekhov. Peu importe. Comment as-tu fait, alors ?

– Quoi ? Comment je lis les pensées ?

– Mais non, cela je sais le faire. Pour les pensées des autres, ce n'est pas compliqué. Je parle des réverbères.

– C'est très simple. Il suffit de trouver la réponse à une seule question que l'on se pose pour pouvoir diriger toutes les formes de la lumière.

– Quelle question ? demanda Mitia.

– En principe, il vaut mieux se la poser soi-même, mais puisque tu n'es pas trop enclin à le faire, je vais t'aider.

Dima fit une pause.

– La lune reflète la lumière du Soleil, dit-il. Et le Soleil, il reflète la lumière de quoi ?

Mitia s'assit silencieusement sur un banc et s'y adossa.

Tout était calme. Le vent faisait bouger le feuillage au-dessus de sa tête et le bruit de la mer s'unissait aux dernières notes de la chanson qui s'éteignait. Ce son mélangé donnait l'impression de venir en réalité du cercle jaune du dancing accroché dans le ciel. Un grondement de moteur vint s'y ajouter : celui de la vedette de promenade dont les feux, se déplaçant lentement, apparurent à leur gauche, sur la mer.

Deux voix jeunes et pures s'élevèrent au-dessus du bal dans un accompagnement de balalaïkas simple et touchant comme la robe d'une pionnière.

– American boy, je vais partir avec toi, partir avec toi, salut, Moskva !

5

La troisième Rome

Un minuscule deltaplane passa si près des dents des rochers qui saillaient du flanc de la montagne que, l'espace d'un instant, il se fondit avec son ombre. Les tables d'un café d'été retinrent unanimement leur souffle. Mais le triangle qui glissait dans l'azur, telle une phalène argentée, fit un virage à la verticale et survola la mer, revenant vers la plage. Sam applaudit, s'attirant l'attention d'Arthur.

– Qu'est-ce qui vous impressionne tellement ?

– Comment vous dire ? répondit l'Américain. Dans ma jeunesse, il m'arrivait de faire ce genre de choses, c'est pourquoi je suis capable d'apprécier l'art d'autrui. En ce qui me concerne, jamais je n'aurais osé passer aussi près des rochers.

– Moi, en revanche, je ne comprends pas que l'on soit prêt à risquer sa vie ainsi, objecta Arthur.

– Mais si l'on réfléchit bien, nous la risquons tous les jours, vous et moi, remarqua Sam.

– Certes. Vous m'accorderez cependant que nous le faisons par nécessité. Il me serait très désagréable de me fracasser la tête contre les rochers, comme ça, pour rien.

– Je vous le concède, fit Sam, en suivant des yeux, pensif, le triangle qui retournait vers les rochers. C'est vrai. Mais d'où partent-ils ?

– De cette montagne-là. Vous voyez ?

Loin derrière la plage et le village se trouvait une éminence moins haute que les autres, dont l'un des versants était en pente douce. Au sommet, on distinguait plusieurs ailes multicolores. Sam sortit un petit bloc marron qui portait l'inscription *Executive Memo* et y nota quelques lignes, les accompagnant d'un dessin schématique de la plage, du village et de la montagne en pente douce.

– Il doit y avoir un courant ascendant, là-bas, fit Arthur. Voilà pourquoi ils l'ont choisie.

Une serveuse s'approcha, le visage aussi sévère que celui du Destin, et déchargea silencieusement son plateau en posant sur la table des assiettes, une bouteille de champagne et des verres. Sam leva sur elle des yeux embarrassés et les baissa aussitôt : un énorme angiome couvrait la joue de la femme.

– C'est notre commande, expliqua Arthur.
– Ah bon, sourit Sam. J'avais déjà oublié.
– Nous sommes dans la catégorie restaurant, dit la serveuse. Vous pouvez consulter le règlement. L'attente peut durer jusqu'à quarante minutes.

Sam hocha distraitement la tête et regarda son assiette. Le menu disait : « boulettes paysannes à l'oignon ». En réalité, c'étaient de petits morceaux de viande rectangulaires disposés selon un ordre architectural strict. Une mer de sauce coulait à droite de la viande et une montagne de purée de pommes de terre, en pente douce, décorée de quelques points colorés de carottes et de fenouil s'élevait de l'autre côté. La purée glissait comme de la lave sur la viande, et le contenu de l'assiette ressemblait à Pompéi vu du haut. Étrangement, il rappelait en même temps le panorama du village de vacances tel qu'on pouvait le contempler depuis la table.

Sam leva sa fourchette, la tendit vers l'assiette et remarqua une jeune mouche assise à la frontière entre la purée et la sauce, qu'il avait d'abord prise pour un bout de fenouil. Il tendit lentement sa paume vers elle : la mouche tressaillit, mais ne partit pas. Il la prit avec deux doigts et la posa sur une chaise vide.

Elle était toute jeune et sa peau verte élastique brillait gaiement sous le soleil. Sam pensa que son nom anglais, *greenbottle fly*, lui allait très bien. Ses pattes étaient couvertes de petits poils foncés et se terminaient par de tendres ventouses roses, comme si deux bouches s'entrouvraient en une invite silencieuse sur chacune de ses paumes. Sa taille était tellement fine qu'un léger souffle de vent semblait pouvoir la briser. Quant à ses ailes, comme deux feuilles de mica, elles tremblaient timidement et brillaient de toutes les couleurs de l'arc-en-ciel. Elles étaient couvertes d'un motif de lignes d'après lesquelles il était possible de prévoir son simple destin, indépendamment de toute ptéromancie. Ses yeux aussi étaient verts et regardaient un peu par en dessous, en raison d'une longue frange foncée qui lui tombait du front et la rajeunissait de quelques années. Elle avait l'air d'une écolière qui aurait enfilé une robe de sa sœur aînée. Son regard s'enfonça dans celui de Sam et elle rougit légèrement.

– *How are you ?* demanda la mouche, en prononçant les mots avec soin. *I'm Natasha. What is your name ?*

– Sam Sucker, répondit Sam. Mais nous pouvons parler en russe.

Natacha sourit en montrant ses dents blanches, bien alignées. Elle jeta un regard sur la moue dédaigneuse d'Arthur et son visage s'assombrit.

— Je ne vous dérange pas ? fit-elle en esquissant le geste de se lever.

— Comment dire ? marmonna Arthur entre les dents, sans la regarder.

— Mais non, mais non, trancha Sam aussitôt. Au contraire. Comment un être aussi charmant pourrait-il déranger quelqu'un ? Voulez-vous du champagne ?

— Avec plaisir, accepta Natacha.

Elle prit avec deux doigts le verre que Sam lui tendait.

— Vous habitez par ici ? demanda Sam.

Natacha but une gorgée et hocha positivement la tête.

— Vous êtes née ici ?

— Non, expliqua Natacha. Je suis née très loin au nord.

— Et que faites-vous ?

— De la musique, répondit Natacha.

Posant son verre sur la table, elle accompagna ses paroles d'un mouvement qui ressemblait à un exercice d'affermissement des pectoraux avec un extenseur.

— Comme c'est intéressant, dit Sam, en promenant discrètement son regard des deux douces éminences recouvertes par le tissu vert brillant de la robe de Natacha au bracelet argenté bon marché qu'elle portait autour du tarse. J'aimerais bien vous écouter.

— Excusez-moi, intervint Arthur. Vous ne voyez pas d'inconvénient à ce que j'aille téléphoner ? Arnold devrait être là depuis longtemps.

Sam approuva de la tête et son compagnon se dirigea vers une cabine téléphonique serrée entre deux kiosques de coopératives. Plusieurs personnes attendaient pour téléphoner et Arthur prit place dans la queue et se mit à regarder des livres exposés directement sur le gazon par un marchand ambulant. Natacha ouvrit le sac posé sur ses genoux et en sortit une lime qu'elle regarda avec embarras avant de la remettre à l'intérieur pour lui préférer un minuscule nécessaire de maquillage.

– Et vous, Sam ? demanda-t-elle en se regardant dans un petit miroir. Êtes-vous américain ?

– Oui, acquiesça-t-il, mais je vis surtout en Europe. En fait, il m'est difficile de dire où je vis en réalité. La plupart du temps, je fais des allers-retours.

– *Biznessman ?*

Poursuivit-elle en ôtant le bouchon d'un tube de rouge à lèvres pour le passer sur les ventouses de ses pattes. Sam pensa furtivement que cela la rendait vulgaire, mais doublement attirante.

– Oui, on peut dire ça, répondit-il. Mais ce qui m'intéresse le plus dans la vie, ce sont de nouvelles impressions.

– Et alors ? Vous avez beaucoup de nouvelles impressions par ici ?

– Quelques-unes. Mais c'est assez spécial. Ce n'est pas pour tout le monde.

Une ombre couvrit la table et une odeur épaisse d'herbes et d'arbres en fleur, incongrue en début d'automne, se répandit autour d'eux.

– Et donc pas pour toi ! fit une voix forte au-dessus de l'oreille de Natacha, qui en fit presque tomber le petit miroir.

En se retournant, elle vit un gros homme trapu dans un T-shirt bariolé qui regardait Sam avec haine tout en tapotant une petite valise foncée.

– Arnold ! fit Sam avec joie. Mais nous vous attendions tous. Arthur est allé téléphoner. Alors, avez-vous réussi à éclaircir la situation ?

– En effet, répondit Arnold, en posant brutalement l'attaché-case sur une chaise, près de Sam. Maintenant, tout est clair.

— Vous l'avez trouvé ! Dieu merci. Je n'avais pas vu que vous l'aviez apporté. Merci beaucoup.

Il l'ouvrit et jeta un coup d'œil sur le contenu. Constatant que rien ne manquait, il fit un rond avec le pouce et l'index et montra à Arnold ce cercle vide au diamètre d'un dollar en argent. Le nouveau venu tira une chaise de la table voisine et s'assit lourdement.

— Voici Natacha, fit Sam. Natacha, je vous présente Arnold.

Arnold la dévora du regard.

— Bien, bien, décida-t-il lorsqu'il estima l'avoir assez regardée. T'aimerais pas travailler dans un atelier de tissage, comme tordeuse ou fouleuse ? Ou bosser comme tréfileuse ? Tu veux pas, hein ?

— Qu'est-ce que vous dites là ? balbutia Natacha, livide.

Une forte odeur d'eau de toilette lui piqua les narines. Embarrassée, elle leva les yeux sur Sam pour constater que le sourire disparaissait de son visage et qu'une certaine frayeur se dessinait dans ses yeux.

— Ne faites pas peur à la jeune fille ! ordonna-t-il en louchant en direction de la cabine téléphonique d'où revenait précipitamment Arthur. Natacha, il plaisante.

— Moi, je plaisante ? Toi, canaille, t'es venu ici pour sucer du sang et tu penses que nous allons plaisanter avec toi ?

— Qui ça, « nous » ? demanda rapidement Sam.

— Je vais te l'expliquer, menaça Arnold en se levant de la chaise.

Nul ne sait ce qui serait arrivé si Arthur, en accourant par-derrière, ne lui avait pas asséné un coup sur la tête avec une bouteille de champagne à moitié vide.

Arnold tomba à la renverse, entraînant sa chaise, et resta par terre, immobile. Aux tables voisines, les conversations s'éteignirent et quelques citoyens se levèrent de leurs places dans l'intention, qui de fuir, qui d'intervenir. Arthur s'assit rapidement à cheval sur son camarade et tenta de lui tordre les bras dans le dos. Il n'y parvenait pas très bien, bien qu'Arnold n'opposât aucune résistance.

— J'étais sûr qu'il n'allait pas pouvoir se retenir, balbutiait-il nerveusement. Je savais qu'il ne pourrait pas s'empêcher de goûter, lui aussi. Il disait que votre psychisme était instable. Le sien, à lui, est stable, à ce que je vois. Profitez du fait qu'il est encore dans les vapes pour éloigner la jeune fille. Je m'occupe de lui.

Arnold bougea et Arthur faillit tomber.

— Venez, Natacha, dit Sam en lui prenant la main.

Ils quittèrent le restaurant et, croisant un milicien qui accourait, s'en allèrent rapidement.

— Qu'est-ce qu'il a ? Il est drogué ? demanda Natacha.

— À peu près. Mais ne parlons pas des malheurs des autres. Vous ne savez pas où l'on peut manger, dans le coin ? On nous a empêchés de déjeuner.

Natacha regarda derrière elle la foule qui se pressait entre les tables du restaurant.

— Ça y est, dit-elle, on l'a embarqué. Qu'est-ce que vous dites ? Vous voulez manger ? Il faut prendre un taxi pour cela. Allons jusqu'à « Volna ». On trouve des taxis par là-bas.

— Excusez-moi, Natacha. Peut-être avez-vous d'autres plans ?

Natacha ne répondit pas. Elle se contenta de regarder Sam avec une telle sincérité ingénue que ses plans devinrent immédiatement clairs et évidents.

La route passait à côté d'une profonde tranchée. On distinguait les étages souterrains d'un bâtiment inachevé. De l'herbe, des buissons et même quelques arbrisseaux poussaient dans les fentes des murs et on avait l'impression qu'il ne s'agissait pas d'un chantier de construction, mais des fouilles d'une ville antique. Sam, admiratif, marchait en silence. Natacha se tut également.

— C'est étonnant, fit Sam lorsqu'ils dépassèrent la fouille. J'ai remarqué une chose étrange. La Russie est-elle bien la troisième Rome ?

— La troisième, c'est exact, répondit Natacha. Et c'est aussi le deuxième Israël. Ça, c'est Ivan le Terrible qui l'a dit. J'ai lu ça dans la presse.

— Eh bien, si l'on écrit troisième Rome en russe : *treti Rim*, et que l'on ajoute encore le mot *treti* écrit à l'envers, on obtient un effet très intéressant. D'un côté on pourra lire *treti Rim*, et de l'autre *treti mir*, le tiers monde.

— À Yalta, c'est à trois heures d'ici, en bateau, il y a un téléphérique, expliqua Natacha. On le prend sur le quai et il mène au sommet de la montagne. Là, on a commencé à construire un palais, ou un musée Lénine, ou je ne sais quoi. Mais on a abandonné. Il ne reste que des colonnes et une partie du toit. C'est énorme, avec un terrain vague autour. Comme un temple. Véritablement la troisième Rome. Dites-moi, Sam, avez-vous visité la première ?

Sam hocha la tête et la jeune fille soupira légèrement.

— Nous sommes arrivés, dit-elle. C'est ici qu'on peut avoir un taxi.

Le sentier asphalté se terminait près d'un long bâtiment qui abritait un magasin et une boîte obscure sous l'enseigne « Volna ». Deux janissaires en Adidas se réchauffaient à l'entrée. Sous l'abri d'un arrêt de bus, en face, brillaient les blancs des yeux de quelques vieilles femmes du coin, maigres et fripées. Natacha leva la main et une Volga grise pas très neuve, avec un cerf sur le capot, sortit de l'ombre des ifs qui poussaient près de l'arrêt. Natacha se pencha vers le chauffeur, discuta et fit un signe à Sam.

L'homme derrière le volant avait une longue moustache rousse qui se hérissait des deux côtés d'une manière un peu asymétrique, comme s'il s'était servi de l'une des pointes pour tâter quelque chose. La voiture sentait l'essence et les pêches trop mûres. Après quelques détours parmi des maisonnettes dissimulées à l'ombre de pommiers et de poiriers, la Volga déboucha sur un poussiéreux chemin de terre. Le conducteur appuya sur l'accélérateur et, derrière la vitre arrière, le paysage disparut dans d'épaisses volutes d'une poussière jaune qui pénétrait également à l'intérieur du taxi, par les fenêtres.

Sam toussa en se protégeant la bouche avec la main, et Natacha remarqua que ses lèvres s'allongeaient en forme de tube. Il fit semblant de ramasser quelque chose par terre pour se pencher vers le dossier du siège du chauffeur, fit un clin d'œil conspirateur à Natacha et, pour lui intimer le silence, approcha un doigt de ses lèvres, allongées vers l'avant. La jeune fille lui répondit en clignant maladroitement de l'œil elle aussi. Le suçoir de Sam, devenu très pointu, pénétra doucement dans la garniture du siège. Le chauffeur frissonna et regarda ses passagers dans le rétroviseur, avec inquiétude.

– Sam, vous pensez vraiment que c'est le tiers monde, chez nous ? demanda Natacha en essayant de distraire l'attention du chauffeur.

– En fait, oui, grogna Sam, sans se relever. Il n'y a rien d'offensant. À condition, bien sûr, de ne pas être offensé par les faits.

– C'est que nous n'en avons pas l'habitude.

– Il faudra vous y habituer. C'est une réalité géopolitique. La Russie est un pays très pauvre. Et l'Ukraine aussi. Ici... Comment dit-on... La terre ne fait pas bien pousser. Même lorsque l'on prend les sols les plus fertiles du Kouban, ce n'est pas grand-chose en comparaison avec les terres de, disons, l'Ohio...

Il prononça « okh-khaïo » d'une telle manière qu'on aurait pu prendre le son pour le tartiner sur du pain à la place de beurre. La fertilité des terres de l'Ohio devint tout de suite évidente.

– Quel tiers monde ? intervint le chauffeur avec amertume en bougeant sa moustache d'une façon pas très naturelle. On nous a vendus. On nous a tous vendus tels quels. Avec nos fusées et notre flotte. On nous a sucé tout le sang.

– Qui nous a vendus ? demanda Natacha. Et à qui ?

– On sait bien qui, affirma le chauffeur rassuré par sa haine. Et on sait aussi à qui. Et comme si cela ne suffisait pas de vendre la flotte, on a aussi vendu notre honneur...

Sam marmonna quelques paroles incompréhensibles et le chauffeur fit, de la main, un geste vague.

– Dans le dos, comprends-tu ? bredouilla-t-il avant de se taire pour longtemps.

Peu à peu, son visage pâlit, et ses yeux, encore aux aguets un instant auparavant, se firent vitreux et indifférents. Sam, en revanche, prit de fortes couleurs, comme s'il sortait d'un hammam. Il retira ses lèvres du siège, se redressa et sourit à Natacha qui se taisait avec recueillement.

– Natacha, je ne vous ai pas offensée, j'espère ?
– Pourquoi ?
– En parlant du tiers monde.
– Pas du tout, Sam. Simplement, quelqu'un m'a

prédit dans mon enfance que je devrais me méfier du chiffre trois romain. Mais je n'en ai pas peur. Et je n'ai aucune raison d'être offensée. Je ne suis pas la Russie. Je suis Natacha.

– C'est une bonne raison, Natacha. Et c'est un joli prénom. Tutoyons-nous.

– Avec plaisir, dit Natacha.

Des vignes couraient des deux côtés, le long de la route. Lorsqu'elles se terminèrent, la mer apparut de nouveau, sur la gauche. Sam ouvrit son attaché-case. Il en sortit un petit bocal dans lequel il cracha un peu de liquide rouge et revissa soigneusement le couvercle avant de ranger l'échantillon dans la mallette. Pendant ce temps, Natacha réfléchissait intensivement et une jolie sinuosité se forma même sur son front. Sam attrapa son regard et sourit.

– Tout est OK ?

Natacha lui renvoya son sourire.

– Oui. Voilà à quoi je pense. Admettons que le premier monde soit l'Amérique, le Japon, l'Europe, et que le tiers monde, ce soit, disons, nous, la troisième Rome, l'Afrique, la Pologne. Alors, le deuxième monde, c'est quoi ?

– Le deuxième ? répéta Sam, étonné. Hmm. Je ne sais pas. En effet, c'est intéressant. Il faut vérifier l'origine de l'expression. Il est probable qu'il n'y a pas de deuxième monde.

Il regarda par la fenêtre et remarqua, haut dans le ciel, un triangle argenté : c'était celui qu'il avait observé au restaurant, ou un autre qui lui ressemblait.

– Ce que je ne comprends pas, dit-il, c'est où nous allons.

– Déjeuner, expliqua Natacha.

– Mais je n'ai plus faim, objecta Sam.

– Alors, il vaut peut-être mieux s'arrêter ici ? proposa Natacha. Il y a de jolis coins sauvages par ici. Et on peut se baigner.

Sam en ravala sa salive.

– Écoutez, dit-il au chauffeur. Nous allons descendre ici, d'accord ?

– C'est votre affaire, répondit le chauffeur d'un air sombre. Donnez-moi cinq dollars, comme promis.

Natacha jeta sur Sam un regard plein d'excuses.

L'Américain descendit de la voiture et fourra sa main dans la poche.

– J'ai des matriochkas à proposer, fit le chauffeur.

– Lesquelles ? demanda Sam.

– Diverses. Gorbatchev, Eltsine.

– Non, merci, refusa Sam.

– J'en ai aussi une nouvelle. Le général Routskoï, et à l'intérieur, Nikita Mikhalkov et un volume de Dostoïevski, en bois. Je vous la laisse pour trente dollars.

Sam secoua négativement la tête.

– Ça va vous démanger, dit-il en tendant les cinq dollars par la fenêtre ouverte. Frictionnez-vous à l'eau de toilette.

Le chauffeur acquiesça sombrement du menton. La voiture fit demi-tour et s'en fut, les couvrant de poussière jaune. Tout était calme. Sam et Natacha prirent un sentier qui descendait en serpentant le long d'une pente raide et rocheuse. Ils avançaient en silence, car le chemin était très étroit et il fallait marcher avec précaution.

En bas, la côte ne suivait pas une ligne nette mais formait un labyrinthe de criques et de saillants entre lesquels clapotait la mer. Natacha enleva ses souliers – Sam constata avec attendrissement qu'en fait elle portait des chaussons roses – et pénétra dans l'eau jusqu'aux genoux. Pour la suivre, il ôta ses mocassins et retroussa le bas de son pantalon. Il s'avança en tenant son attaché-case et ses chaussures au-dessus de la tête, tout en tentant de se souvenir de la légende grecque que lui évoquait la situation. Ils contournèrent longtemps les parois brunes des falaises pour finir par déboucher devant un énorme rocher plat qui affleurait à un demi-mètre de la surface de l'eau.

– C'est ici que je bronze, dit Natacha en grimpant sur la pierre. De l'autre côté, on peut plonger, c'est déjà profond.

Sam grimpa à côté d'elle et entreprit de sortir son caméscope.

– Aide-moi, Sam, lui demanda Natacha.

Elle se tenait de dos par rapport à lui et tentait de défaire les rubans de sa robe, attachée par-derrière. Il posa avec soin sa caméra sur les mocassins et tendit les mains vers la jeune fille. En touchant son vêtement, il la sentit tressaillir. Les rubans ne tenaient absolument rien. Sam se souvenait d'avoir lu dans *National Geographic* qu'ils n'étaient qu'un instrument naïf utilisé par les jeunes filles russes pour nouer connaissance : même les petites boules métalliques attachées à leurs extrémités avaient la forme de devons pour la pêche au saumon. Mais le frisson qui courut le long de l'échine de Natacha lui fit oublier les règles du comportement correct préconisées par le magazine, et, lorsque sa robe glissa sur la pierre et qu'elle resta dans un minuscule maillot de bain vert fluo, ses mains se tendirent d'elles-mêmes vers la caméra.

Il filma longtemps son corps mince de femme-enfant, son rire de bonheur et la toison de ses cheveux fous dans le vent, son visage sur le fond de la mer émeraude et les traces mouillées de ses pieds sur la pierre. Puis il lui donna le caméscope et lui expliqua où il fallait appuyer avant de plonger dans la mer et de s'élancer vers le point blanc d'une vedette, au loin, avec une énergique brasse papillon, comme s'il voulait réellement l'atteindre.

Quand il se hissa à nouveau sur le rocher, essoufflé, Natacha était couchée sur le dos et présentait, yeux fermés, son visage au soleil. Sam s'installa à côté d'elle, appliqua sa joue contre la surface chaude de la pierre et se mit à la contempler.

— Quand je serai de retour à la maison, je regarderai tout cela à la télé et me languirai de toi.

— Sam, demanda Natacha, tu as visité Rome, je le sais déjà. Es-tu allé en France ?

— J'y étais récemment, répondit Sam, en se serrant contre elle. Pourquoi ?

— Juste comme ça, fit Natacha en soupirant. Ma mère me parlait souvent de la France. Que faisais-tu là-bas ?

— Comme d'habitude : je suçais le sang.

— Non, pas dans ce sens. Tu y es simplement allé, comme ça ?

— Pas tout à fait. J'ai été invité par des amis, pour la fête annuelle de Proust, à Combray.

— C'est quoi cette fête ?

Sam se tut longtemps, et Natacha se dit qu'il n'avait pas envie de parler. Le moteur d'une vedette stridulait quelque part. Des accords majeurs de guitare résonnèrent à quelque distance, bientôt couverts par un léger bourdonnement. Natacha ressentit une légère piqûre à la jambe. Instinctivement, elle frappa cet endroit avec sa paume : quelque chose s'aplatit sous ses doigts, se roula en une minuscule boule rugueuse et tomba dans l'eau. Sam se mit à parler sans se presser, d'une voix légèrement nasillarde :

– Imagine une petite église campagnarde, construite il y a près de cinq siècles, au porche orné de figures de rois chrétiens, rudement sculptées. Ils regardent une place aux marronniers dénudés dont les branches, éclairées par quelques réverbères, brillent d'une lueur métallique. Sur les pavés du parvis apparaît un homme moustachu et solitaire qui ressemble à la cible d'un stand de tir dans un patelin de province, et il est difficile de dire ce qui se passe après, lorsque la force irrésistible du désir efface de la mémoire les souvenirs du vol et ne conserve que celui de brefs attouchements de pattes, errant au hasard, celui de la soie d'une écharpe fleurant l'eau de Cologne et la fumée de cigares, celui de la sensation rude...

– Sam, protesta Natacha. Que fais-tu ? On va nous voir...

– ... et presque offensante de la présence d'une autre peau à proximité de tes lèvres. La jouissance se renforce lorsque tu commences à distinguer, derrière les couvertures déchirées qui séparaient deux corps, le bruit sourd d'un courant de sang...

– Oh Sam, pas là...

– ... et ensuite les battements puissants du cœur comme des signaux envoyés de la planète Mars ou d'un autre monde, tout aussi inaccessible. Leur rythme dicte des mouvements tantôt passionnés et tantôt frivoles de ton corps, dont une longue saillie, plongée dans le labyrinthe tremblant de la chair d'autrui, concentre en elle toute ta conscience. Et soudain, tout s'achève, et tu navigues de nouveau par-dessus les vieux pavés de la rue...

– Sam...

Sam se rejeta en arrière sur la pierre et, pendant un bon moment, ne ressentit plus rien, comme s'il s'était transformé en un morceau du rocher chauffé par le soleil. Natacha serra sa main. En entrouvrant les yeux, il vit, penchés sur lui, deux hémisphères à facettes qui brillaient dans le soleil comme des éclats de bouteille. Entre eux, autour de la trompe velue s'agitaient de courtes antennes élastiques.

– Sam, chuchota Natacha, est-ce qu'il y a beaucoup de merde en Amérique ?

Sam sourit, hocha la tête et ferma de nouveau les yeux. Le soleil frappait droit sur ses paupières et imprimait, derrière elles, une faible lueur violette qui donnait envie de la regarder indéfiniment.

6

La vie pour le tsar

Il est difficile de dire pendant combien de jours Marina approfondit son trou et creusa la seconde chambre. Les jours existent là où le soleil se lève et se couche, alors que Marina vivait et travaillait dans l'obscurité la plus complète. D'abord, elle avançait à tâtons, puis elle remarqua qu'elle pouvait voir assez bien dans l'obscurité. Elle s'en rendit compte d'une manière tout à fait inattendue. Elle venait de préparer, au centre de la pièce principale, une large couche de foin recouverte du rideau volé au centre de vacances, lorsqu'elle se dit que, près du lit, il devait absolument y avoir une corbeille de fleurs, comme dans le film. Ce fut alors qu'elle vit, dans un coin de la pièce, son butin, la caisse en contre-plaqué. Elle regarda autour d'elle et comprit qu'elle voyait aussi le reste : le lit, une niche dans le sol où elle avait empilé les aliments trouvés au marché, et même ses propres pieds. Tout cela était incolore et un peu flou, mais tout à fait visible.

Il est probable, pensa-t-elle, *que je voyais tout aussi bien, avant, mais n'y faisais pas attention.*

Elle prit la caisse, la posa près du lit et y arrangea une brassée de foin en lui donnant, comme elle put, la forme d'un bouquet. Elle prit du recul pour contempler le résultat de ses efforts, puis s'approcha du lit et plongea sous le rideau.

Il manquait quelque chose. Elle se tortura les méninges pendant quelques minutes avant de comprendre quel était le problème. Elle tira à elle son sac qui gisait par terre et en sortit les étroites lunettes de soleil qu'elle mit sur son nez. Maintenant, il ne lui restait plus qu'à attendre le coup de fil. Le trou de Marina n'avait pas de téléphone, mais cela ne l'inquiéta pas trop. Elle savait que le coup de fil suivrait, sous une forme ou sous une autre, car il y avait longtemps de cela, par un matin ensoleillé, la vie lui avait fait, sur le quai, une promesse d'honneur.

Sous le rideau, c'était chaud et confortable, mais un peu ennuyeux. Marina se mit à penser à toutes sortes de choses, puis, sans s'en rendre compte, elle s'endormit.

Un bruit sourd la réveilla. Marina était certaine qu'il provenait de derrière le mur : elle s'était depuis longtemps habituée aux bruits de la surface, voix, pas et rugissement des voitures sortant des garages. Elle les filtrait automatiquement, de sorte qu'ils ne l'empêchaient pas de dormir. Mais là, le son était différent : quelqu'un creusait de l'autre côté du mur. Elle entendait même les coups de pelle contre les pierres qui l'avaient tant fait peiner. Cela dura quelque temps. Les raclements disparaissaient parfois, avant de reparaître à nouveau, plus près et plus forts qu'avant. Marina alors se calmait. Bientôt, les notes d'une chanson commencèrent à lui parvenir. Marina ne parvenait pas à distinguer les paroles, mais la voix était celle d'un homme et la mélodie ressemblait au *Temps du muguet*[1], bien qu'il lui fût difficile d'en être tout à fait sûre. Graduellement, Marina acquit la certitude que c'était bien vers

---

1. Titre original russe : *Podmoskovnyïe vetchera* (« Soirées près de Moscou »).

elle que l'on creusait un passage. Elle devinait même qui c'était, même si, par pudeur, elle avait peur d'y croire totalement. Bondissant du lit, elle courait vers le mur pour y coller l'oreille, puis se jetait à nouveau sur sa couche pour se blottir sous le rideau. Quand le bruit s'arrêtait, elle se sentait désemparée.

Et s'il se trompe et creuse un passage jusqu'à la guenon crottée ? pensait-elle.

Au souvenir de la femelle du marché, ses poings serraient furieusement des poignées de paille.

Et la guenon crottée lui dira qu'elle est moi. Et il la croira... Il est tellement naïf...

Une telle idée lui coupait le souffle et elle s'imaginait ce qu'elle ferait de la guenon si elle avait le malheur de lui tomber entre les mains.

Les percements souterrains se poursuivirent pendant quelque temps encore, puis, enfin, le mur se mit à trembler et la terre à s'ébouler sur le sol. Marina inspecta sa chambre pour la dernière fois – tout semblait en ordre – et se glissa sous le rideau. Les coups étaient maintenant portés avec un instrument lourd, et Marina n'eut pas le temps d'arranger une dernière fois ses lunettes que le mur s'écroulait.

Dans le trou béant, une botte apparut. Elle s'efforça d'agrandir le passage en repoussant la terre à plusieurs reprises, puis se retira. À sa place, un visage joufflu surgit que Marina reconnut aussitôt. C'était lui, ou presque. Il n'était pas blond, mais roux, et à la place d'un manteau de cuir doublé, il portait une capote enneigée, avec des épaulettes de commandant. Il pénétra dans la chambre en s'efforçant soigneusement de ne pas se salir en traversant le mur. Marina remarqua que le lourd étui noir d'un accordéon pendait sur sa poitrine.

– Bonjour, fit-il.

Il se débarrassa de l'accordéon, le bloqua avec le crochet de sûreté et le posa par terre.

– Tu t'ennuies ?

Marina sentit sa poitrine se serrer, mais elle trouva la force de soulever ses lunettes d'un geste élégant et de jeter sur le militaire un regard détaché.

– Nous nous connaissons ? demanda-t-elle.

– Ça va venir, dit le commandant en s'approchant du lit et en tirant de ses mains solides l'extrémité du rideau qui pendait du tas de foin.

– Tu ne peux pas t'imaginer, Nikolaï, quelles brutes vivent par ici, disait Marina en se serrant contre la petite bête froide et poilue. Ainsi, l'autre jour, je suis allée au marché et l'on a failli me tuer. C'est à peine si je suis parvenue à rentrer à la maison. Nikolaï, tu dors ?

Nikolaï ne répondait pas. Marina se tourna sur le dos et fixa le plafond de terre. Elle avait sommeil, et il lui sembla, bientôt, qu'il n'y avait rien au-dessus d'elle, hormis le ciel nocturne. L'une des étoiles clignota et glissa tout là-haut, et Marina, se souvenant des visages des enfants de l'affiche, à l'avenir brûlé de soleil, fit un vœu.

– Je suis militaire et commandant, expliquait Nikolaï. Je vis et je travaille à Magadan[1]. Mais le plus important dans ma vie, c'est la musique. De sorte que, si tu aimes la musique, une entente spirituelle va certainement s'établir entre nous…

Marina ouvrit les yeux. Il faisait sombre, comme d'habitude, mais elle savait que ce matin unique qui

---

1. Ville et région d'Extrême-Orient soviétique, tristement célèbre pour ses camps de la période stalinienne (la Kolyma).

ne pouvait avoir lieu que dans son trou venait de commencer.

– Tu seras bientôt si grosse, Marina, poursuivait Nikolaï, en regardant attentivement les bottes posées près du lit, que tu ne pourras plus sortir. Or, à Magadan, le soir il y a des centaines de distractions, et je te propose donc d'aller au théâtre, ce soir.

– Bien, dit Marina dont le cœur s'était serré suavement, mais que ce soit quelque chose d'original.

En guise de réponse, Nikolaï lui tendit deux cartons. Marina lut le texte imprimé : « Théâtre militaire d'opéra de Magadan, décoré de l'ordre de la révolution d'Octobre. » Elle retourna les entrées. Un tampon indiquait : « La vie pour le Tsar. »

– Mais c'est loin, Magadan, dit-elle.

De la tête, Nikolaï désigna le trou dans le mur. Marina eut l'impression qu'un vent froid y soufflait.

Jusqu'au soir, Nikolaï monta encore à quelques reprises sur Marina, et elle, en analysant les sensations que lui procurait le corps froid et humide qui s'agitait sur elle, se demandait avec embarras : est-ce cela, la chose que célèbrent de si jolies chansons françaises ? Parfois, Nikolaï s'arrêtait et parlait de son service et de ses camarades. Rapidement, Marina les connut tous, par leurs noms et leurs grades. Dès qu'il descendait d'elle, il se mettait aussi à bricoler : d'abord, il approfondit la niche à nourriture, puis entreprit de condamner la sortie qui menait vers les deux garages. Marine ressentit une angoisse inexplicable.

– Pourquoi fais-tu ça ? l'interpella-t-elle depuis le lit.

– Il y a trop de vent, répondit Nikolaï. Cela fait des courants d'air.

– Mais comment allons-nous sortir ?

Nikolaï fit un nouveau signe de tête en direction du trou où il était apparu quelques heures plus tôt. En attendant le soir, il parvint à donner la forme d'un carré à la nouvelle entrée. Avec des brins de paille, il tressa même un petit paillasson qu'il posa devant l'ouverture.

Quand il eut fini, il consulta la montre et dit :
– C'est l'heure d'aller au théâtre.

Marina descendit du lit et se souvint qu'elle n'avait absolument rien à se mettre.

– Drape-toi dans le rideau, dit Nikolaï lorsqu'elle lui eut exposé son problème. Tout le monde s'habille comme cela, en ce moment.

Elle suivit son conseil, et le résultat fut excellent. Nikolaï enfila ses bottes, endossa sa capote, mit l'accordéon en bandoulière et plongea dans le trou noir du mur. Marina le suivit. Derrière le trou, un long couloir s'incurvait vers un puits étroit qui menait à la surface. Une lumière bleuâtre et de rares flocons de neige s'engouffraient dans le puits pour tomber jusqu'à la galerie. Nikolaï sortit et tendit la main à Marina. Elle le suivit en retenant le rideau d'une main, près de la gorge.

Ils émergèrent dans une cour sombre qui donnait sur un large quai couvert de neige. Derrière un parapet s'étendait la surface plane et blanche de la mer gelée, comme une énorme patinoire enneigée. Quelques réverbères éclairaient le quai sur lequel s'avançaient des passants. Il s'agissait, pour la plupart, d'officiers armés d'accordéons, dont certains donnaient le bras à leurs femmes, emmitouflées dans des rideaux. En les voyant, Marina se sentit soulagée. Elles allaient toutes pieds nus, comme elle, ce qui finit de la rassurer. Elle prit le bras de Nikolaï et s'avança dans la rue, en admirant la neige qui tombait.

Le théâtre était un majestueux édifice gris, à colonnes, qui ressemblait à s'y méprendre au bâtiment principal du centre de vacances. Marina se souvint de la nuit méridionale, des étoiles dans le ciel et du bruit de la mer, et secoua la tête de droite à gauche, tellement cela lui semblait lointain et irréel. Pourtant, il était indiscutable que le théâtre lui rappelait étonnamment la construction près de laquelle elle avait jadis creusé son trou. Même les gerbes sculptées sur la frise du fronton étaient les mêmes. Seulement, ici, elles étaient en grande partie couvertes par une large banderole écarlate frappée d'une devise inscrite en blanc :

> POUR UNE FOURMI, UNE AUTRE FOURMI EST UN SCARABÉE, UN GRILLON ET UNE LIBELLULE[1]

Le théâtre était plein et il y régnait une atmosphère solennelle et festive. On percevait les sons un peu bizarres des instruments que l'on accorde. Les femmes des autres officiers jetaient au rideau de Marina des œillades appréciatives et elle comprit avec satisfaction que sa toilette ne le cédait en rien à celles de la plupart des autres spectatrices. Bien entendu, certaines étaient plus élégantes que la sienne. Ainsi, la femme d'un général portait un rideau de velours cramoisi orné de glands dorés, mais elle était vieille et ridée. Nikolaï présenta Marina à quelques amis, des commandants roux, comme lui. À leurs regards humides, chargés d'invites, elle comprit qu'elle avait fait sur eux une sérieuse impression.

Un général âgé, aux mandibules usées par le temps, s'arrêta près de Marina, la regardant avec bienveillance. Elle pensa donc qu'elle devait parler de culture avec lui.

---

1. Parodie d'un slogan de l'époque brejnévienne : « Pour un homme, un autre homme est un ami, un camarade et un frère. »

– Aimez-vous les films français ? demanda-t-elle.
– Non, répondit le général avec une sécheresse toute militaire. Je n'aime pas les films français. J'aime l'œuvre du réalisateur Sergueï Soloviov, et spécialement la séquence où l'on frappe quelqu'un avec une brique sur la tête et qu'il tombe d'un tabouret.

À ce moment, Marina remarqua que ce qu'elle avait pris pour un sourire bienveillant était en réalité le résultat d'une paralysie des muscles faciaux, et que le général ne la regardait pas avec bienveillance, mais bien plutôt avec un léger effroi.

– Quant à votre mari, ajouta le général en reculant d'un pas pour loucher sur Nikolaï, c'est un bon officier avec des perspectives.

– Je sers l'Union soviétique ! répondit Nikolaï en se mettant au garde-à-vous et en pinçant Marina pour qu'elle n'ait pas l'idée de dire encore autre chose.

Elle s'attendait à le voir la sermonner, mais il ne dit rien.

Une sonnerie tinta, et tout le monde se dirigea vers l'amphithéâtre. Les places de Nikolaï et de Marina n'étaient pas très bonnes : la scène n'était visible que sous un angle aigu et il était impossible de voir ce qui se passait au fond. Lorsque le spectacle commença, Marina eut du mal à comprendre l'intrigue. Nikolaï se pencha vers elle et lui expliqua en chuchotant que les grandes fourmis noires avaient attaqué la fourmilière des fourmis rousses et qu'une vieille fourmi, qui leur avait promis de les conduire dans la chambre de la reine où se trouvaient les œufs, les avait en fait entraînées dans la tanière du fourmi-lion. On fit « chut ! » derrière et Nikolaï se tut, mais Marina avait saisi l'essentiel.

Elle ne fit qu'entendre une grande partie du spectacle. En revanche, elle vit très bien le clou de la pièce, lorsque la vieille fourmi et le fourmi-lion restèrent seuls en scène. Le fourmi-lion était un homme aux fortes couleurs et au crâne rasé qui portait un uniforme militaire des années vingt, une décoration sur la poitrine. Il était assis avec une expression d'ennui visible et tapait sa *papakha*[1] grise contre le pied de la chaise en attendant que la vieille fourmi termine son air. Lorsqu'elle se leva et qu'elle se dirigea en rampant vers le fond de la scène, le fourmi-lion se leva et s'avança lentement à sa suite. L'orchestre joua une musique inquiétante et effrayante, et un soupir d'horreur se leva dans la salle. Mais Marina ne voyait plus rien. Elle regardait le lourd rideau vert des coulisses en rêvant que, lorsque Nikolaï serait général, il pourrait lui en offrir un comme ça.

Lorsque le spectacle se termina, Nikolaï l'invita à aller au buffet boire du champagne. Marina accepta avec joie : elle se souvenait que, dans le film, l'homme joufflu buvait sans cesse du champagne dans de hautes flûtes étroites avec ses femmes. Et ce fut à ce moment que le malheur arriva.

Ils descendaient un escalier vide couvert d'un large tapis rouge, lorsque Nikolaï trébucha, perdit l'équilibre et tomba, se fracassant la nuque contre les marches. Il perdit aussitôt connaissance. Ses jambes battaient d'une manière désordonnée tandis qu'une grimace de répulsion envahissait son visage. Marina tenta de le soulever en le prenant par le bras, mais il était trop lourd. Elle se précipita au bas des marches pour appeler du secours. Elle y trouva deux commandants que Nikolaï lui avait présentés comme ses amis avant le spectacle. Ils fumaient en silence, en attendant leur tour, au buffet. Devant les explications embrouillées

---

1. Chapeau de fourrure des officiers cosaques.

de Marina, ils jetèrent leurs mégots et se précipitèrent à sa suite.

Nikolaï était étendu dans la même position et remuait toujours les jambes. Ses bras aussi s'étaient mis à bouger de façon toute mécanique : ils faisaient des mouvements rythmiques, comme s'ils étendaient et serraient un accordéon, mais ce qui effraya le plus Marina, ce fut qu'il chantait très bas *Le Temps du muguet*.

L'un des commandants s'accroupit près de Nikolaï, prit sa main et trouva le pouls tandis que l'autre se mettait à compter les secondes. Une minute plus tard, ils échangèrent un coup d'œil et celui qui tâtait le pouls (avec sa main libre Nikolaï continuait de jouer de son accordéon invisible) hocha négativement la tête.

Les deux commandants regardèrent Marina, et elle remarqua pour la première fois combien terrifiantes étaient les mandibules qui bougeaient sous leur nez. À proprement parler, Nikolaï et elle avaient exactement les mêmes, mais elle n'y avait jamais prêté attention. Les yeux de Marina se couvrirent de larmes. À travers un voile trouble, elle vit qu'on lui donnait un grand objet foncé. Elle tendit les bras et on lui remit l'accordéon, dans son étui. Une sorte de torpeur l'envahit et elle observa impassiblement le premier commandant soulever l'une des jambes de Nikolaï, pendant que le second la rongeait à l'aine en même temps que le pantalon kaki dont la fine bande rouge tremblait au rythme des mouvements des mâchoires. Au moment où il entamait la seconde jambe, d'autres officiers firent leur apparition. Ils posèrent par terre leurs flûtes de champagne, et le travail avança plus vite. Nikolaï ne cessa de jouer de son accordéon invisible que lorsque l'un des nouveaux venus qui lui rongeait la tête coupa le système nerveux. Un autre commandant apporta une pile d'exemplaires de *La Fourmi de Magadan* et commença à envelopper les abattis de Nikolaï dans le papier journal. Ensuite, Marina eut un trou de mémoire.

Les piqûres froides des flocons de neige sur son visage la firent revenir à elle. Elle se trouvait dans la rue et le théâtre était loin derrière elle. Sous un bras, elle tenait l'étui d'accordéon et, sous l'autre, deux objets oblongs enveloppés dans plusieurs feuilles de journal. Elle parvint à peine à se traîner jusqu'à l'endroit d'où elle avait émergé quelques heures plus tôt pour se rendre au théâtre. Elle regarda autour d'elle et vit, au fond de la cour couverte de neige, deux garages rouillés disposés perpendiculairement l'un par rapport à l'autre. Entre eux, sous une fine couche de neige récente, on distinguait un creux rond et des traces fraîches. Marina enfonça la main dans la neige pour ôter le couvercle du trou (un morceau de cartouche de cigarettes *Nord*), et descendit.

En bas, il faisait sombre et tout était calme. Marina posa ses paquets dans la neige qui s'était accumulée sous l'entrée et rampa jusqu'à son lit. Installée sur son foin, elle se remémora les événements du théâtre. N'ayant plus la force de voir débiter Nikolaï, elle s'était retournée pour se trouver face à face avec la guenon crottée du marché. Elle portait un rideau jaune citron avec des grappes de raisin violet, et descendait le tapis rouge au bras d'un gros colonel roux aux bottes brillantes en la dévisageant d'un air triomphant.

7
À la mémoire de Marc Aurèle

La vedette côtière s'avança loin au large, en maintenant le cap tout droit, comme si elle se dirigeait réellement vers la Turquie. Une partie de la côte, dissimulée jusque-là par la montagne, apparut sur leur gauche. Bien sûr, la terre elle-même n'était pas visible, mais on distinguait ses lumières qui semblaient briller à la surface de la mer, comme des bougies dans des boîtes en papier flottant lentement sur de petits radeaux. La lune ressemblait également à un ballon de papier suspendu dans le ciel, une bougie allumée à l'intérieur. Les nuages autour d'elle étaient hauts et rares, avec des franges d'un bleu luisant, reflets de la lumière lunaire. Ils faisaient paraître le ciel plusieurs fois plus haut que d'habitude.

Mitia se tenait appuyé au garde-fou et regardait la côte en silence.

– À quoi penses-tu donc, depuis si longtemps ? demanda Dima.

– Toujours à la même chose, répondit Mitia. À ce qui m'arrive.

– En ce moment, tu es en mer, à bord d'une vedette, et tu regardes la côte.

– Non, dit Mitia. Je ne parle pas de maintenant, mais en général, dans ma vie. Tu n'as jamais remarqué une chose bizarre ? Il est très simple d'expliquer aux autres comment vivre et ce qu'ils doivent faire. Je peux même leur montrer vers quels feux voler et comment. Mais je suis incapable de faire la même chose pour moi. Je reste sur place ou je vole dans la direction opposée.

— Je ne vois pas où est le problème, fit Dima. Tu vois tous ces feux qui brillent ? Choisis n'importe lequel d'entre eux et vole jusqu'à lui tant que tes forces te le permettront.

— Mais c'est cela le problème. Je sens qu'il y a, en moi, deux personnes qui choisissent. Et je suis incapable de les distinguer l'une de l'autre. Je ne sais pas laquelle est la bonne et à quel moment l'une remplace l'autre, car elles semblent toutes les deux vouloir voler vers la lumière, mais en empruntant des routes différentes. Et elles proposent de faire des choses diamétralement opposées.

— À qui ?

— À moi.

— Eh bien, constata Dima, vous êtes donc trois ?

— Comment ça, trois ?

— Les deux personnes qui proposent et celle à qui on propose.

— Tu joues sur les mots. Je peux l'exprimer différemment. Lorsque je m'efforce de prendre une décision, je me heurte au fond de moi à quelqu'un qui a pris une décision entièrement opposée et qui se met à agir tout de suite après.

— Et toi ?

— Quoi moi ? Quand il apparaît, je deviens lui.

— C'est donc toi ?

— Mais moi, je voulais faire quelque chose de diamétralement opposé.

Mitia se tut longtemps.

– En fait, ces deux-là semblent se partager mon temps, reprit-il. L'un est mon moi véritable et définitif, que je considère comme moi-même. Il veut voler vers la lumière. L'autre, c'est mon moi temporaire qui n'existe qu'une seconde. Il a également l'intention de voler vers la lumière, mais avant cela, il lui faut un court et dernier instant de ténèbres. Comme pour s'en séparer. Comme pour y jeter un dernier regard. Le plus bizarre, c'est que mon moi, qui veut voler vers la lumière, dispose de toute ma vie, parce que c'est mon moi véritable, alors que celui qui veut voler vers les ténèbres ne dispose que d'une seconde, mais néanmoins...

– Tu remarques sans cesse que tu voles vers les ténèbres.
– Oui.
– Et cela t'étonne ?
– Beaucoup.

Dima jeta par-dessus bord un papier de bonbon fripé et le suivit des yeux jusqu'au moment où il fut couvert par l'écume de l'hélice.

– Toute la vie d'une phalène, dit-il, c'est justement cette seconde qu'il dépense pour dire adieu à l'obscurité. En dehors de cette seconde, il n'y a tout simplement rien. Tu comprends ? Toute cette vie énorme au cours de laquelle tu voudrais, à un moment donné, te tourner vers la lumière est, en réalité, ce moment unique où tu choisis les ténèbres.

– Pourquoi ?
– Que peut-il y avoir d'autre à part cette seconde ?
– Hier. Demain. Après-demain.

– Et hier, et demain, et après-demain, et même avant-hier n'existent que dans cette seconde, expliqua Dima. Si tu veux choisir la lumière demain, et aujourd'hui dire adieu aux ténèbres, en réalité tu choisis simplement les ténèbres.

– Et si je veux cesser de choisir les ténèbres ?
– Choisis la lumière, dit Dima.
– Mais comment ?
– Vole vers elle. Maintenant. Il n'y a pas d'autre moment pour cela.

Mitia regarda la côte.

Quelque chose traversa l'air. Un bruit fort retentit sur le pont supérieur, suivi de claquements de pas sur le sol en métal et de voix alertes.

– C'est qui ? demanda Mitia en soulevant la tête.
– Des moustiques, répondit Dima. Trois en même temps.
– Dans la nuit ? Et si loin de la côte ?
– Pour eux, c'est le jour, répondit Dima. Le soleil brille de toute sa force.
– Et que veulent-ils faire ?
– Je n'en sais rien. Ils semblent lutter pour les locaux de l'équipage. Je ne tiens pas à regarder dans leurs cerveaux.

À droite de la vedette, une énorme montagne rocheuse apparut. Elle ressemblait à un oiseau de pierre, les ailes déployées et la tête baissée. À son sommet, deux feux rouges clignotaient.

– Tu vois, montra Dima, combien il y a de lumière et d'obscurité autour de nous. Choisis ce que tu veux.
– Admettons que j'opte pour la lumière. Comment saurai-je s'il s'agit ou non d'une vraie lumière ? Ne m'as-tu pas parlé récemment de la lune, des ampoules d'Ilitch, etc. ?
– La véritable lumière est celle à laquelle tu parviendras. Et si tu n'y aboutis pas, même un tout petit peu, c'est que le feu vers lequel tu volais, quelque brillant

qu'il te parût, n'était qu'une tromperie. Car l'important n'est pas vers quoi tu voles, mais qui vole, bien qu'au fond ce soit la même chose.

– Oui, approuva Mitia. Tu as sans doute raison. Je choisis alors ces deux feux rouges au sommet.

Dima regarda le sommet de la montagne.

– Ce n'est pas si près, constata-t-il. Mais ce n'est pas important.

– Et que faire maintenant ? demanda Mitia.

– Voler.

Mitia le regarda dans les yeux, indécis.

– Tu me regardes, lui dit son ami, comme si tu voulais savoir ce que j'ai en tête.

– Je le veux, en effet. Peut-être vas-tu me le dire ?

– Absolument rien. C'est vide, expliqua Dima en faisant mine d'enlever sa tête et de l'ouvrir comme un sac.

– Tu veux dire juste maintenant ?

– Et quand, sinon ?

Mitia piétina sur place puis grimpa sur le bastingage, se tint à une corde attachée au mât du pavillon et ouvrit les ailes. Le vent souleva son corps et il ressembla à un drapeau sombre hissé à la poupe ou à un cerf-volant en train de s'envoler. Puis il desserra les doigts et la vedette s'éloigna vers l'avant et vers le bas. Il voyait maintenant les trois silhouettes sur le pont supérieur, parmi les radeaux de sauvetage pliés.

Quand Dima apparut à côté de lui (il s'était envolé très vite, sans se faire remarquer, sans aucun narcissisme), les silhouettes du pont se mirent à bouger. L'une d'elles, qui portait une guitare dans un étui, quitta soudain la position à quatre pattes, prit son élan en deux ou trois pas et, manquant de tomber à la mer, s'envola avec difficulté vers la côte en prenant peu à peu de la vitesse. Les deux autres se mirent à se disputer et gesticulèrent furieusement pendant quelques instants, puis, au moment où Mitia parvenait à peine à distinguer leurs contours, elles prirent également leur envol. En un instant, la vedette ne fut plus qu'une tache claire, en bas, et Mitia se mit à regarder devant lui.

Il s'approcha de la pente rocheuse qui montait à pic et se vit obligé de voler presque verticalement, vers le haut. Après quelques minutes de cette ascension céleste, il eut l'impression que la pente de la montagne n'était que la surface plane d'un désert rocailleux qu'il survolait à faible hauteur, dans la lumière de la lune, en distinguant la moindre aspérité. Les feux rouges au sommet ressemblaient aux feux d'un lointain sémaphore au bord d'une voie ferrée.

Le vent le frappa dans le dos, et il faillit s'écraser contre un rocher saillant qui se détachait de la surface de la montagne. L'incident le rendit prudent, et il vola plus lentement. Parfois, des buissons surgissaient entre les crevasses des rochers. Ils semblaient pliés par un vent fort, puis il se rappelait qu'en réalité ils poussaient comme il se devait, vers le haut, et la plaine déserte redevenait ce qu'elle était : un mur de pierre. Mais, dès qu'il cessait d'y penser, le désert infini, sur lequel se déplaçaient deux longues ombres noires déformées par les variations du relief, apparaissait de nouveau en bas. Mitia leva les yeux : il n'y avait plus de feux rouges devant lui.

La lune se dissimula derrière un nuage, et la plaine rocailleuse lui sembla extrêmement sombre. Loin derrière ses limites, comme des étoiles d'un autre ciel, brillaient les feux de quelques villages côtiers. Mitia regarda une nouvelle fois le vide obscur devant lui et se sentit envahi par une peur soudaine et par le désir de faire demi-tour.

— Écoute, dit-il à Dima qui volait silencieusement à son côté. Où allons-nous ? Les feux n'y sont plus.

— Comment n'y seraient-ils pas, répondit l'intéressé, puisque nous volons vers eux ?

— Mais cela n'a pas de sens de voler, s'ils n'existent pas. Rentrons !

— Dans ce cas, c'est nous qui n'existerons plus. Ceux de « nous » qui nous sommes envolés.

— Peut-être n'étaient-ce pas des vrais feux, fit Mitia.

— Peut-être bien. Mais peut-être bien, aussi, que nous n'étions pas les vrais « nous ».

La lune réapparut, ainsi que les ombres courtes et tranchantes de la surface granuleuse de la pente. Sans raison, Mitia se sentait angoissé et inquiet. Il hocha la tête en comprenant qu'il entendait depuis quelque temps un bizarre aboiement strident. Les sons n'étaient pas très forts, mais si aigus qu'il les ressentait non pas par les oreilles, mais par le ventre. Parfois, ils cessaient, et à leur place surgissaient tantôt un hurlement, tantôt un sifflement qui faisait un peu mal au cœur. Le timbre était très désagréable, et Mitia pensa que si les Khmers rouges du Cambodge se lançaient dans la production de réveils électroniques, leur sonnerie produirait probablement un tel bruit.

— Tu entends ? demanda-t-il à Dima.
— J'entends, répondit tranquillement celui-ci.
— Qu'est-ce que c'est ?
— Une chauve-souris.

Mitia n'eut même pas le temps d'avoir peur : sur la pente inondée de lumière lunaire, couvrant les deux ombres qui montaient, une troisième silhouette noire apparut, énorme, floue, difforme. Mitia et Dima se projetèrent vers les rochers et atterrirent brutalement sur un minuscule terrain où poussaient quelques buissons. Mitia faillit se fouler la cheville. Le sifflement cessa aussitôt.

– Ne bouge pas, chuchota Dima.
– Est-ce qu'elle nous a remarqués ?
– Certainement. Si tu l'as entendue, elle t'a repérée, elle aussi.
– Entend-elle nos paroles ?
– Non, répondit Dima. Elle a des relations très intéressantes avec la réalité. Elle crie d'abord et écoute ensuite attentivement le son répercuté en tirant les conclusions correspondantes. De sorte que si l'on ne bouge pas, elle peut nous laisser tranquilles.

Pendant quelques minutes, ils restèrent debout, en silence. Tout était calme autour d'eux. Seul montait le bruit du ressac lointain de la mer.

– Tu te souviens de la question que je t'avais posée au sujet de la lumière que reflète le soleil ? demanda Dima.
– Je m'en souviens.
– En réalité, le soleil et la lumière n'ont rien à voir. On peut parler de la même chose en d'autres termes. Prenons, par exemple, ce qui nous arrive en ce moment. Que crois-tu que voit la chauve-souris lorsqu'elle perçoit le son que tu as répercuté ?
– Moi, je suppose, dit Mitia, en regardant attentivement le ciel.
– Mais c'est son propre son.
– Alors, ce n'est pas moi, mais son son.

Les cris stridents de la chauve-souris cessèrent. Elle n'était pas visible, mais Mitia sentait sa présence à proximité, et cela l'inquiétait beaucoup plus que les constructions logiques.

— Certes, répliqua Dima, poursuivant son idée. Mais c'est toi qui as répercuté le son.

Mitia regarda encore une fois le ciel. Le ton pondéré et lent de Dima commençait à lui porter sur les nerfs.

— Il s'ensuit que tu n'es qu'un son émis par la chauve-souris. Comme un vers de sa chanson.

Soudain, une lourde masse noire passa à grande vitesse devant la terrasse où ils s'étaient réfugiés, tandis qu'une rafale de vent les secouait. Pendant une minute ou deux, rien ne se passa, et puis le cri strident retentit de nouveau au loin. Il s'approchait : apparemment, la chauve-souris avait trouvé la zone d'attaque.

— Tu es l'un des sons qu'émet la chauve-souris. Mais qu'est-ce qu'une chauve-souris ?

— C'est ce qui va nous manger, répondit Mitia en sentant que ses jambes faiblissaient à cause du sifflement qui se précipitait sur lui, venant du côté de la mer, et que ses pensées se mélangeaient dans sa tête.

Une petite tache sombre surgit dans le ciel, et la stridulation se fit plus forte. Mitia entendit dans son ventre une mélodie de deux octaves plus haute que tout ce qu'il avait écouté jusque-là.

— Réfléchis, dit Dima. Pour disparaître, il suffit que la chauve-souris cesse de siffler. Et que dois-tu faire pour que la chauve-souris disparaisse ?

Il avança jusqu'au bord de la terrasse et se jeta en bas, la tête la première. Mitia sauta derrière lui tandis que la masse noire s'abattait sur l'endroit qu'ils venaient de quitter, écrasant les buissons avec fracas.

Il tomba en chute libre sur quelques mètres, puis freina et adopta un vol vertical le long de la pente, l'accrochant presque de ses ailes. Dima disparut.

Le sifflement répugnant lui parvint à nouveau. Mitia regarda vers le haut et vit l'ombre noire voler en zigzag de haut en bas. Au bout d'une dizaine de mètres, il remarqua une fente dans un rocher et s'y précipita. À l'intérieur, il se pressa contre la surface rugueuse et se figea. Tout parut calme pendant quelques instants. Il n'entendait plus que le bruit haletant de sa propre respiration. Puis le sifflement revint, du côté de la mer, et, presque aussitôt, une masse sombre s'enfonça mollement dans l'aspérité du rocher, occultant la lumière, pendant qu'une patte noire et griffue zébrait l'air à quelques centimètres de son visage. Mitia entrevit une face aux pommettes larges, des oreilles pointues, de petits yeux et une énorme gueule pleine de dents : par un bizarre jeu d'associations, cette image évoqua pour lui le radiateur d'une vieille Tchaïka. La bête disparut soudain dans le frou-frou soyeux de ses ailes sur le rocher, et l'événement laissa à Mitia l'impression qu'une voiture officielle, molle et poilue, conduite par un chauffeur à moitié aveugle, avait tenté de pénétrer dans la fente où il se cachait.

Mitia fit porter le poids de son corps sur son pied gauche et posa le droit en arrière. Le sifflement retentit de nouveau. Lorsque le corps noir de la chauve-souris se débattit à nouveau à l'entrée, il lui donna, de toutes ses forces, un coup de pied sur la calandre. Il toucha quelque chose de mou et entendit un hurlement puissant. La bête disparut. Mitia attendit en retenant son souffle, mais la chauve-souris ne donnait plus signe de vie. Il se glissa prudemment vers l'extrémité de la fente, sortit la tête et entendit aussitôt le sifflement strident. Une aile membraneuse passa devant ses yeux et des dents claquèrent à son oreille. Il sauta en arrière et faillit perdre l'équilibre.

Quelques minutes passèrent et Mitia eut l'impression de distinguer des bruits produits par la chauve-souris :

un léger bruissement d'ailes et le grincement des griffes sur la pierre. Le vent pouvait tout aussi bien être à l'origine de ces sons, mais Mitia était sûr que la bête le guettait toujours près de la sortie. *Voilà*, pensa-t-il, *dès que tu comprends que tu vis dans l'obscurité la plus complète, des chauves-souris se mettent à apparaître aussitôt.*

Soudain, un faible espoir éclaira son esprit.

De quoi peut-elle bien avoir peur ?

La première chose qui lui vint à l'esprit, ce fut un chat volant. Il ferma les yeux pour tenter de se le représenter. Un chat volant devait être assis sur ses pattes de derrière, pendant que de grandes ailes pointues le sustentaient, et sa queue très mobile ne pouvait que se terminer par une touffe de poils pour tuer les mouches, comme dans les représentations antiques des pangolins volants. Une sorte de sphinx des machines à coudre Singer. Tous les détails bien en tête, Mitia souffla doucement. Un museau renversé se pencha aussitôt au-dessus de la fente, encadré de deux yeux écarquillés par l'incrédulité. Mitia siffla plus fort en imaginant que le chat volant ouvrait sa gueule toute grande et sautait en avant. Le museau disparut et il entendit de forts battements d'ailes qui s'éloignaient.

Il mit alors deux doigts dans sa bouche pour siffler à l'intention du petit point noir qui disparaissait au loin, puis fit un pas en avant dans le vide. Après une courte chute, il freina en l'air et se tourna vers le haut.

Dima n'était visible nulle part. Mitia vola vers l'endroit où ils s'étaient séparés, beaucoup plus haut, sur le côté de la paroi. La petite terrasse était vide et il poursuivit son vol vers le sommet. Il était certain que rien n'était arrivé à Dima. Pourtant, en dépit de l'euphorie que venait de lui procurer sa victoire inespérée, il avait un mauvais pressentiment. Ce n'est que quelques minutes plus tard, alors qu'il approchait du sommet et survolait un mur de pierre lisse sans la moindre aspérité, comme coulé dans le métal, qu'il entendit à nouveau le sifflement et comprit que la chauve-souris ne l'avait pas abandonné. Elle attendait simplement de le voir quitter son refuge pour se retrouver dans un endroit où il lui serait impossible de se cacher.

Mitia s'enfonça deux doigts dans la bouche pour siffler de toutes ses forces en s'efforçant de se représenter encore le sphinx noir velu, mais il n'en sortit qu'un borborygme pitoyable. Toute cette idée lui parut stupide. La chauve-souris surgissait déjà au loin, comme une balle de caoutchouc noir qui rebondissait vers lui sur une surface invisible. Il ne voyait aucune issue. *Que puis-je faire pour qu'elle disparaisse ?* pensa-t-il fébrilement. *Pour que je disparaisse, il lui suffit d'arrêter de siffler. Je ne suis que ce qu'elle entend. Pour qu'elle disparaisse, je dois sans doute cesser de faire quelque chose. C'est-à-dire ce que je fais pour qu'elle apparaisse. Mais quoi ?*

C'était incompréhensible. Bien entendu, métaphysiquement, c'était très clair, mais de quelle utilité pouvaient bien lui être ces métaphores alors qu'une chauve-souris qui ne s'intéressait guère à ces subtilités fonçait sur lui.

Mitia ferma les yeux et vit soudain une lumière bleu clair. C'était un peu comme si, au lieu de se fermer de peur, ils s'étaient ouverts pour remarquer quelque chose qui se trouvait devant eux depuis toujours mais qu'une trop grande proximité rendait invisible. En un éclair, il se souvint d'un jour gris de novembre où il se traînait dans un parc survolé par des nuages gris et bas, venant du nord. Il marchait en pensant que si un temps comme ça se maintenait pendant quelques jours, le ciel se baisserait tellement qu'il commencerait à écraser les passants, comme un camion conduit par un ivrogne. Et puis, il leva les yeux et aperçut une éclaircie entre les nuages dans laquelle apparurent d'autres nuages, hauts et blancs, encadrant, encore plus haut, une parcelle de ciel bleu et clair, comme en été. Il comprit aussitôt que quelque répugnants que fussent les nuages qui venaient à Moscou pour les fêtes[1], le bleu immuable brillait toujours au-dessus d'eux.

Il était tout à fait inattendu de constater en soi-même un phénomène semblable, aussi peu touché par ce qui l'entourait que le ciel, identique à lui-même d'une saison à l'autre, l'était par ces nuages qui rampaient sous lui.

Toute la question, pensa Mitia, *est de savoir où regarder. Si, par exemple, tu te tiens fermement sur tes deux jambes... Stop. Mais, à proprement parler, qui regarde ?*

Le sifflement retentit de nouveau.

Mon Dieu, pensa Mitia, en ouvrant les yeux avec effort. *Mais quelles chauves-souris...*

Il était suspendu dans une auréole d'un bleu intense, comme si les rayons de plusieurs projecteurs se croisaient sur lui. Mais il n'y avait pas de projecteurs : il était lui-même la source de la lumière. Mitia leva les mains devant son visage : elles brillaient d'une lumière bleue, claire et pure, et des moucherons minuscules et argentés tournoyaient autour d'elles, venant d'on ne savait où à cette hauteur.

---

1. Celles de la commémoration de la révolution d'Octobre, le 7 novembre (25 octobre du calendrier orthodoxe prérévolutionnaire).

Mitia s'éleva encore et, pendant qu'il montait vers la cime, aucune pensée ne lui traversa la tête.

Le sommet était un petit terrain plat peuplé de quelques buissons d'aubépine et de la perche d'acier du phare. Les deux lampes rouges, dissimulées du bas par une saillie de pierre, étaient visibles à nouveau. Elles s'allumaient à tour de rôle, faisant changer de direction les ombres noires des buissons, comme si elles étaient commandées par un gigantesque balancier aérien. Sous le phare, deux tabourets pliants étaient posés, surgis de Dieu sait où, et Dima était installé sur l'un d'eux.

Mitia lui fit signe de la main, s'assit sur le tabouret libre et déplia sur son genou une feuille de papier qu'il avait sortie de sa poche.

– Attends, attends, dit-il à Dima qui le regardait attentivement.

Il écrivit pendant une minute ou deux, puis plia rapidement la feuille pour en faire un petit avion, se leva, s'approcha du précipice et le lança : le petit planeur plongea d'abord de plusieurs mètres, puis se redressa, remonta et vola à droite, vers le village de vacances.

– Qu'est-ce que tu fabriques ? demanda Dima.

– Ce n'est rien, dit Mitia. Une dette mystique à l'égard de Marc Aurèle.

– Ah bon, dit Dima. C'est ton affaire. Alors, de quoi le soleil reflète-t-il la lumière ?

Mitia mit une cigarette entre ses lèvres et fit claquer son briquet d'où surgit une petite languette de feu bleu.

– Voilà, dit Dima. Comme tout est simple, non ?

– Oui, répondit Mitia. C'est étonnant.

Il leva les yeux vers les lampes qui clignotaient au-dessus d'eux. Près d'elles, l'air crépitait des battements d'ailes de centaines d'insectes inconnus qui tentaient désespérément de passer à travers le verre épais, à nervures, vers la source même de la lumière.

— Mais où est-elle passée ? interrogea Mitia.

— Tu parles de la chauve-souris ? Où aurait-elle pu passer ? La voilà qui vole.

Dima lui montra la minuscule boule noire qui zigzaguait à la limite du terrain éclairé. Mitia la suivit des yeux un instant, avant de tourner son regard vers ses mains. Elles étaient toujours entourées de la même lueur bleuâtre.

— Je comprends maintenant, dit-il, qu'en réalité, nous ne sommes pas des phalènes. Et pas...

— Ce n'est pas la peine d'essayer de l'exprimer en paroles, le coupa Dima. Et puis, le monde n'a pas changé du fait que tu as compris quelque chose. Les phalènes volent vers la lumière, les mouches vers la merde, et tout cela se passe dans l'obscurité complète. Mais toi, tu seras maintenant différent. Et tu n'oublieras jamais qui tu es en réalité, n'est-ce pas ?

— Bien sûr, répondit Mitia. Il y a une chose seulement que je ne parviens pas à comprendre. Est-ce que je viens de devenir une luciole ou est-ce que je l'ai toujours été ?

8

Le meurtre d'un insecte

– Et à la fin, racontait Arthur avec un plaisir non dissimulé, tu as hurlé en plein commissariat : « Les moustiques américains sautent nos mouches, et on va se contenter de regarder ? »

Il parlait en regardant Arnold qui avait placé sa tête sous un robinet ouvert. Celui-ci se couvrit le visage de ses mains, et l'eau se mit à couler sur ses avant-bras, ruisselant jusqu'aux coudes et tombant en deux flots sur les tomettes.

– Mais, le plus drôle, c'est que les miliciens se sont pris de sympathie pour toi, poursuivit Arthur. On t'a même rendu ton argent, ce qui arrive rarement. Et toi, tu te souviens de quelque chose ?

Arnold secoua négativement la tête.

– Je m'en souvenais un peu il y a encore trois minutes, dit-il, en fermant le robinet et en se peignant avec les doigts. Mais le fait de vomir une dernière fois m'a coupé tout souvenir.

– Tu te souviens au moins de ce que tu disais sur les francs-maçons ? demanda Arnold. J'ai vraiment pris mon pied à t'écouter.

Arnold réfléchit.

– Non, je ne me rappelle pas.

— Et sur le Magadan spirituel ?
— Non plus.
— C'était cela le plus intéressant, reconnut Arthur. Tu le racontais aux flics pendant qu'ils écrivaient le procès-verbal. Il y aurait quelque part une ville spéciale où personne ne peut arriver comme ça. Il y a là-bas un art spécial et une science spéciale, tout comme en 1980. Le dernier bastion. Et le temps y coule autrement : une journée d'ici correspond à quelques années de là-bas. En un sens, une sorte de Shambhala soviétique à rebours. Mais on n'y peut entrer qu'en passant sous la terre, ou par les airs, je n'ai pas bien compris. Et tu disais y avoir des relations.

— Je ne m'en souviens pas, fit Arnold. Arrête. On s'en va.

— D'accord. Partons. Dis-moi seulement ce qui t'a attiré dans cette aventure ? Tu avais bien vu ce qui s'était passé avec Sam.

— Je ne sais même pas, reconnut Arnold. J'ai pris la valise et j'ai vu le client immobile comme une bûche. Cela m'a intrigué. Je me suis demandé si cela agirait sur moi de la même manière. J'ai bu, puis je me suis envolé. À ce moment, ça allait encore et j'ai pensé que ce Sam était un faiblard. Je suis donc allé vous retrouver et... Je me souviens seulement d'avoir vu Sam à table. Qui était la fille avec lui ?

— Je ne sais pas, répondit Arthur. Je ne l'ai pas compris moi-même. Elle est apparue, et vlan ! elle était déjà installée à notre table. Elles sont devenues très agiles maintenant : elles ont faim. Es-tu prêt ?

Arnold s'arrêta devant la glace, s'arrangea comme il put, et posa un rouble froissé sur la petite table devant la vieille dame. En sortant du pavillon de douche, les deux amis s'avancèrent en direction de la mer.

– Écoute, reprit Arthur, allons rendre visite à Archibald. De toute façon, il n'y a rien à faire jusqu'au soir.

– Il se trouve toujours au même endroit ?

– Il me semble. Je passe parfois à côté de sa cabane sans avoir jamais le temps d'y entrer. Mais la porte est ouverte.

En quelques minutes, ils se retrouvèrent devant une maisonnette de planches, posée directement sur le gazon et qui donnait sur le quai. Elle était si minuscule qu'elle semblait avoir été faite pour agrémenter un terrain de jeux, dans un square. La porte s'ornait d'une enseigne : une croix rouge, un croissant et une grande goutte de sang surmontaient l'inscription écarlate « Dons de sang ».

Arthur poussa la porte et entra ; Arnold se lissa pour la dernière fois les cheveux et le suivit.

Il faisait sombre à l'intérieur. La porte s'ouvrait sur un comptoir assez bas derrière lequel étaient posés quelques bocaux pharmaceutiques et un autoclave pour les seringues. Près du mur, se dressait un assemblage poussiéreux de pipettes de verre réunies par des tubes en caoutchouc orange. Arnold savait que cet assemblage d'éprouvettes n'avait aucun sens et n'était qu'un décor, mais il se sentit néanmoins plonger dans l'ambiance spécifique d'un hôpital. Une annonce était accrochée au mur, aussi poussiéreuse que le reste, faite au stylo à bille à l'aide d'un modèle :

> **FRÈRES ET SŒURS !**
> D'autres ont besoin de votre sang.
> Les recherches scientifiques
> ont démontré que le don de sang régulier
> a une incidence positive sur la fonction
> sexuelle et augmente l'espérance de vie.
> Remplissez votre devoir moral,
> civique et religieux !
> 100 g – 25 roubles
> 150 g – 40 roubles
> 200 g – 55 roubles
> Après le don de sang, on vous offre gratuitement
> une barre de chocolat « Finish ».
> Les donneurs réguliers reçoivent l'insigne
> de « Donneur émérite » et un diplôme d'honneur.

Le local était vide. Au fond, se trouvait une porte entrouverte. Arnold contourna le comptoir pour aller jeter un coup d'œil dehors. Il tomba sur une petite oasis de calme et de verdure : le morceau de la pelouse qui s'étendait derrière la maisonnette était entouré de tous côtés par une clôture épaisse de buissons, et il n'y avait pas d'autre entrée que la porte par où regardait Arnold. Un petit homme rond en blouse et toque blanches d'infirmier se trouvait au centre du petit terrain vert. Il tenait entre les mains un petit hélicoptère en plastique fixé sur un pivot avec un fil, qu'il tira de toutes ses forces au moment même où Arnold le vit. Les pales de l'hélicoptère se transformèrent en un cercle transparent qui fit s'envoler le jouet dans les airs. L'homme renversa la tête, émit un petit rire heureux et sautilla d'extase à plusieurs reprises. Puis l'appareil s'immobilisa dans l'air avant de tomber en piqué et de disparaître dans les buissons. L'homme se rua vers la porte et faillit renverser Arnold. Il s'arrêta et écarquilla les yeux.

– Arnold ! s'écria-t-il en faisant tomber sur l'herbe le pivot avec le fil.

– Salut, amigo, fit Arthur, en s'avançant dans le cadre de la porte.

– Salut, les gars, répondit Archibald d'un ton désemparé, en leur lançant des regards rapides et en leur serrant la main à tour de rôle. C'est gentil à vous d'être venus. Je pensais que vous étiez partis quelque part. Comment ça va ? Que faites-vous ?

– Ça va plutôt bien, dit Arthur. Nous créons une entreprise mixte avec des Américains. Et toi ?

– La même chose qu'avant. Un moment, les gars. Asseyez-vous.

Il plongea dans la porte et réapparut une minute plus tard avec une grande cornue remplie à ras bord d'un liquide rouge foncé et trois verres. Il posa le tout dans l'herbe, puis entreprit de faire le service.

– Qui est-ce ? demanda Arthur avec intérêt.

– Un cocktail, expliqua Archibald. Un Kazakh du groupe B et un ingénieur de Moscou, Rh –. À nos retrouvailles !

Il but une grande lampée. Arthur et Arnold l'imitèrent.

– Quelle merde ! cracha Arthur, avec une grimace. Excuse-moi, mais comment peux-tu boire cela, avec un agent conservateur ?

– Que faire d'autre ? soupira Archibald en écartant les bras. Sinon, cela tourne en un jour.

– Et tu vis tout le temps comme ça ? Quand as-tu bu du sang frais pour la dernière fois ?

— Hier. Cinquante grammes. Quand il y a beaucoup de clients, je me permets de prendre un petit coup.

— Tu parles ! Un seul petit verre, jeta dédaigneusement Arnold. Quelle sorte de moustique es-tu donc ? Que dirait ton père s'il te voyait ?

— En fait, je n'ai de moustique que le nom, s'excusa Archibald. Ma mère était une coccinelle. D'elle il ne me reste que cette croix, précisa-t-il en tirant une chaînette en or du col de sa blouse. Quant à mon père, c'était un cafard. Il m'est impossible de dire clairement qui je suis.

— Et cela te plaît d'être comme ça ?

— Comme ça ? répéta-t-il. Je ne sais pas. Il est probable que cela me plaît. C'est calme, tranquille. Naturellement, quand j'étais jeune, je ne savais pas que cela allait finir ainsi. Il me semblait tout le temps être sur le seuil de quelque chose d'étonnant, de nouveau, et qu'il me suffisait d'encore un peu...

Il s'arrêta de parler, cherchant le mot adéquat, tout en remuant les doigts en l'air, en s'efforçant d'illustrer ce à quoi il voulait consacrer encore un peu de temps.

— Il me suffisait d'encore un tout petit peu, pour arriver à le franchir. Mais ce seuil s'est avéré...

Il fit un vague signe en direction de la porte de la maisonnette.

— Quand as-tu volé pour la dernière fois ? s'enquit Arthur.

— Je ne me souviens même pas. Les gars, pourquoi me faites-vous penser à des choses tristes ?

— Mais au fond de toi-même tu ne t'es pas encore rendu, dit Arthur. Quand j'ai vu cet hélicoptère, j'ai tout compris.

— Peut-être, reconnut Archibald en se versant un nouveau verre de liquide rouge. Vous en voulez ?

Arthur jeta un regard interrogatif à Arnold qui secoua négativement la tête.

— Écoute, fit Arthur, voici ce que je te propose. Ferme ta cabane pour deux heures et volons à la plage. Nous allons boire du sang normal et nous rafraîchir. D'ac ?

— C'est exclu, objecta Archibald. Il me sera impossible de voler, même cent mètres.

— Arrête ! le tança Arthur. Tu pourras très bien, à condition de ne pas faire de l'autosuggestion. Tu t'es simplement bourré le crâne.

— Arrêtez, les gars.

— Allez, insista Arnold, viens ! Tu as perdu l'appétit pour la vie. Pour qu'il réapparaisse, il faut la mordre un peu. Si tu ne voles pas maintenant, plus rien ne t'incitera à le faire, après.

— Et, excuse-moi de te parler ainsi, tu crèveras ici, parmi les seringues et les tuyaux, insista Arthur.

— Je suis peut-être déjà mort, émit Archibald en regardant ses copains par en dessous.

Mais Arthur n'avait pas envie de céder.

— On va le vérifier. Si tu voles, c'est que tu es vivant. Si tu restes, tu n'es plus qu'un macchabée.

— Allez, on va voler, conclut Arnold. On te soutiendra, s'il le faut.

Le sang qu'il venait de boire commençait à faire son effet sur Archibald. Il ricana méchamment, se leva, vacilla et fit tomber, sans s'en rendre compte, la cornue d'hémoglobine.

— Un moment, je vais juste fermer la porte, dit-il avec un léger accent oriental en pénétrant dans la maisonnette.

Il réapparut une seconde plus tard, montra à ses amis, avec un mauvais sourire, un long couteau pointu, et retourna dans la cabane.

Arnold se pencha vers Arthur pour lui dire à l'oreille :
— Il ne fallait pas l'inviter. Et si on partait ? Sinon, il va vraiment s'accrocher à nous.
— Trop tard, chuchota Arthur.

C'était, en effet, trop tard : Archibald sortait. Il s'était changé rapidement pour enfiler des rangers, une chemise militaire et des jeans serrés par un ceinturon d'officier. Il portait une guitare dans un étui, ce qui lui donnait l'air d'un cadre technique mal vieilli se rendant dans un club pour participer à un concours d'amateurs.

— Djamboul[1] sur un cheval, dit-il, est comme un oiseau dans le ciel.

Arthur et Arnold échangèrent des regards confondus.
— Vois-tu, commença Arnold, nous ne voulions pas dire qu'il fallait tout abandonner et voler juste maintenant, mais simplement qu'il faut parfois...
— Alors, nous volons ou nous ne volons pas ? fit Archibald avec mépris.
— On vole, on vole, approuva Arthur sans faire attention aux regards furieux d'Arnold.

Il s'accroupit, regarda Archibald, gonfla les joues et se mit à bourdonner doucement en pressant sa main contre sa poitrine. Soudain, il la remua brusquement, comme s'il tirait un fil. Les pans de son veston tremblèrent et se transformèrent en un demi-cercle translucide et stridulant au-dessus de son dos. Il s'éleva lentement de quelques mètres en parodiant le vol de l'hélicoptère en plastique.

Archibald rougit et s'envola avec une facilité éton-

---

1. Poète soviétique de langue kazakh (1846-1945) qui, dès sa jeunesse, triomphait dans des tournois poétiques improvisés. Rallié à la révolution à soixante-dix ans, il exalta le parti et le socialisme.

nante pour se figer en l'air en face du provocateur. Arthur poursuivit son manège en stridulant, faisant mine de tirer un fil invisible en voltigeant d'un côté à l'autre. Il s'approcha d'Archibald, qui l'observait d'un air sombre, et le fixa un instant dans les yeux avant de détourner le regard par pitié. Le suçoir d'Archibald, en berne et un peu froissé, provoqua chez lui une succession d'associations d'idées qui se terminait par la question : « Pays, dis-moi ton nom ? » (Arnold se souvenait qu'il s'agissait du titre d'un article de journal qui voisinait avec la publicité d'un dispositif en plastique destiné à combattre l'impuissance appelé « Erecteur ».)

– Vers où volons-nous ? demanda Archibald.

– Allons d'abord survoler la plage. Nous déciderons là-bas, dit Arthur.

Ils volèrent au-dessus du quai, puis des toits des vestiaires, avant de longer la côte couverte de centaines de corps immobiles et presque nus. L'odeur de la mer se mélangeait à celles de la plage, et la promiscuité des estivants évoquait les bains publics d'une usine. Arnold et Arthur n'avaient aucun désir d'y atterrir.

– Allons vers notre réserve, proposa celui-ci en indiquant à celui-là la direction de rochers lointains. Il n'y a presque personne.

– Le garde peut nous y surprendre, objecta Arnold.

– Il n'y va jamais.

– Mais va-t-on y trouver des clients ?

– Il y en a toujours un ou deux, fit Arthur.

Il baissa la tête et s'élança en avant. Il n'allait pas trop vite, mais s'efforçait de ne pas voler trop lentement, pour ne pas donner à Archibald l'impression qu'il le ménageait.

La côte formait un long arc de cercle concave et les trois amis traversèrent tout droit au-dessus de la mer.

Au début, Archibald goûta aux joies du vol en regrettant sincèrement de s'être privé pendant de si longues années d'un plaisir qui lui était accessible à tout moment. Mais, lorsque la fatigue accumulée dans ses muscles chassa de la tête le sang qui y était monté, il regarda en bas, et une grimace de stupeur s'inscrivit sur son visage.

La mer défilait sous ses pattes (*Dieu, qu'elles sont maigres !* pensa-t-il) qui, serrées sous son ventre, tenaient la guitare comme un missile Hound Dog sous un bombardier B-52. Les flots étaient très loin et les vagues semblaient immobiles. La côte se trouvait à une telle distance qu'il comprit instantanément qu'en cas d'atterrissage forcé, il ne parviendrait pas à nager jusqu'à elle. Il eut peur et se mit à regarder le ciel.

Arthur et Arnold, qui se trouvaient dans une excellente disposition d'esprit, échangeaient brièvement des impressions sur le temps et semblaient l'avoir oublié. Ils s'éloignaient de plus en plus de la côte et Archibald commença à ressentir de brefs accès de panique. La peur lui faisait faire quantité d'efforts inutiles en l'incitant à remuer les ailes beaucoup plus rapidement qu'il ne le fallait. Il venait de décider qu'il parviendrait quand même à voler jusqu'à la réserve et s'était presque calmé en se disant qu'il ne participerait plus à de telles aventures, lorsque quelque chose le poussa fortement au visage et à la poitrine.

Une douleur aiguë dans les yeux lui fit fermer les paupières. Il ne les rouvrit qu'après les avoir frottées de la patte. Lorsqu'il put enfin voir, il constata que son tarse était maculé du tabac très fort de *papirossy* qui s'était infiltré, comme une poudre fine, dans ses yeux et sa bouche, sur ses cheveux et derrière son col. Il n'eut pas le temps de s'interroger sur l'origine, à cette hauteur, d'une telle quantité de tabac, car sa guitare devint soudain très lourde, et une douleur cuisante lui transperça le dos. Tout devint clair : encore quelques mètres et ses ailes céderaient.

– Eh, les gars ! cria-t-il en direction d'Arthur et d'Arnold qui l'avaient dépassé.

Comme ils ne l'entendaient pas, il se mit à bourdonner de tout son suçoir.

– Eeehhh ! Llleeesss gggaaarrrsss !

Ils se retournèrent et comprirent tout.

– Peux-tu tenir jusqu'à la côte ? fit Arthur en s'approchant rapidement.

– Non, répondit Archibald, qui suffoquait, je vais tomber.

Devant ses yeux, tout se fondait en une tache trouble qui n'avait aucun sens. La dernière chose qu'il distingua fut une minuscule vedette blanche sur un fond bleu foncé.

– Vas-y Arnold, aide-le... On atterrit sur le porte-avions. Peux-tu tenir jusqu'au pont ?

Ces paroles parvinrent aux oreilles d'Archibald en provenance d'une autre dimension : dans son monde, il n'y avait plus de hauteur, de pont ou de nécessité d'arriver où que ce fût. D'autres mots retentirent, indistincts. Ils n'éveillèrent en lui aucun désir d'y répondre, car il y avait des choses plus importantes et intéressantes, mais les voix se firent de plus en plus fortes et impertinentes, et quelqu'un entreprit même de le secouer en le prenant par l'épaule. Il se sentit tout de même obligé d'ouvrir les yeux. Les visages d'Arthur et Arnold étaient penchés sur lui.

– Archibald, disait Arthur, m'entends-tu ?

L'intéressé se souleva lentement sur les coudes. Il était couché au milieu du pont supérieur, parmi des radeaux de sauvetage orange. Leur couleur lui rappela tellement les tuyaux poussiéreux de caoutchouc, dans sa maisonnette, qu'il se sentit aussitôt très calme et très amer. Sa tête reposait sur sa guitare et ses amis étaient accroupis à ses côtés. Le bateau tanguait un peu et, malgré le bruit du moteur, on entendait les voix des passagers du pont inférieur.

– Ben, dis donc, dit Arnold. Nous t'avons rattrapé au dernier moment. Tu es sujet au vertige ?

– Quelque chose dans ce genre, répondit Archibald.

– Le problème, c'est qu'il est dangereux de voler plus bas au-dessus de la mer, expliqua Arthur. À cause des mouettes.

Il désigna la poupe où quelques oiseaux blancs étaient suspendus, comme immobiles. Ils volaient à la même vitesse que la vedette, mais sans bouger pratiquement les ailes, et ressemblaient à la décoration des rideaux de coulisse d'un Théâtre d'art invisible[1]. De temps en temps, on jetait par-dessus bord des bonbons ou des gâteaux et alors l'une des mouettes remuait un peu les ailes et piquait vers cette cible qui dérivait loin du bateau, se transformant en une tache blanche. Un autre oiseau venait aussitôt occuper sa place au-dessus de la poupe.

Deux ombres sombres s'envolèrent du pont inférieur et s'élancèrent vers le ciel, mais cela se passa si vite que ni Arthur ni Arnold ne le remarquèrent.

– C'est beau, dit Archibald en tentant de se relever.

– Baisse-toi, ordonna Arthur, on va te voir de la passerelle.

Archibald se mit à quatre pattes, le visage tourné vers la bande blanche de l'écume derrière la poupe.

– Dieu, constata-t-il, comment je vis ! Ma vie est une erreur !

---

1. L'un des spectacles les plus célèbres du Théâtre d'art de Moscou était *La Mouette* d'Anton Tchekhov.

– Calme-toi, ordonna Arthur. Les nôtres aussi. Mais ne tombe pas dans l'hystérie !

– La mer, sentença Archibald, lentement et distinctement. La vedette la parcourt. Des mouettes. Et tout cela, juste à côté. Et moi... Je sors sur le pont, mais le pont n'y est plus...

Au loin, près des falaises que longeait le bateau, quelques rochers plats saillaient de la mer. Deux corps nus apparurent furtivement sur l'un d'eux, mais disparurent aussitôt, à cause de la progression de la vedette, derrière le rocher suivant. Archibald émit un mugissement indistinct, comme si la haine longtemps accumulée contre lui-même, contre son corps gras et mou et contre sa vie absurde s'arrachait des profondeurs de son cœur, et, avant que ses camarades puissent réagir, il saisit sa guitare et s'envola.

À la manière du système de pointage d'un missile, sa conscience se rétrécit et il ne vit plus que le rocher plat et les deux corps qui s'y ébattaient. Comme le rocher emplissait tout l'espace devant lui, une jambe féminine nue devint son nouvel objectif. Archibald sentit que son suçoir se redressait et s'emplissait d'une force longtemps oubliée. Heureux, il bourdonna et l'enfonça avec entrain, en pensant à Arthur et Arnold...

Mais une chose lourde et définitive, au sens propre du terme, tomba soudain du ciel, et il n'y eut plus personne pour penser quoi, avec quoi, ni pourquoi.

– Je ne voulais pas, répétait Natacha, en larmes, serrant sa robe froissée contre sa poitrine. Je ne voulais pas ! Je n'ai même rien remarqué !

– Personne n'accuse personne, dit sèchement Arthur mouillé. Ce n'est qu'un accident. Un tragique accident.

Sam, silencieux, passa son bras autour des épaules de Natacha et la détourna du triste spectacle de ce qui, tout récemment encore, marchait sur terre, se réjouissait de la vie, suçait le sang et s'appelait Archibald. Ce n'était plus qu'une boule difforme de viande sanglante, couverte de tissu par endroits, d'où sortait le manche fissuré de la guitare et où l'on ne distinguait plus ni bras, ni jambes, ni tête.

– Nous étions sur la vedette, expliquait Arnold, mouillé, et soudain, sans aucune raison, le voilà qui s'envole à une telle vitesse qu'on n'a pas pu le rattraper. Nous avons crié pour tenter de vous prévenir. Nous vous avons appelés. Et lorsque nous nous sommes approchés... Vous n'avez même rien remarqué. La mer l'a emporté. Nous l'avons cherché une demi-heure.

– Si quelqu'un est coupable, fit Arthur, c'est nous. D'abord, il ne voulait pas voler dans l'état où il était. Mais ensuite, il s'y est résolu. Peut-être a-t-il décidé de mourir comme un moustique, tout simplement.

– C'est possible, approuva Arnold. Qu'a-t-il dit sur le pont ?

– Les paroles d'une chanson, répondit Arthur.

> Il sort sur le pont, mais le pont n'y est plus.
> Devant ses yeux, tout est confus.
> Il perçoit un instant une lumière de fête,
> Il tombe, et son cœur s'arrête...

– Oui, conclut Arnold. Un jour, cela nous arrivera, à nous aussi.

Un objet léger et pointu le piqua à la joue. Il attrapa d'un geste mécanique le petit avion fabriqué avec une feuille couverte d'une écriture serrée. Il leva les yeux : devant lui se dressait une muraille de pierre presque verticale d'une bonne centaine de mètres. Il déplia le petit avion et lut le poème suivant :

À LA MÉMOIRE DE MARC AURÈLE

1. Un état d'esprit sobre et une pensée tranquille
Ne sauraient aboutir à créer des tensions.
Or, il faut versifier avec aspiration,
Tel l'artiste du peuple qui croque une vétille.

2. Mais ici, la pluie règne, et l'on n'a pas l'entrain
De se concentrer. Alors on reste couché
Et l'on ignore, en face, ce quelqu'un de figé
Dans la fenêtre jaune, épiant son prochain.

3. Mais l'angoisse rend pur. Et le bonheur automnal
Est plus vilain que la fellation d'une dame
Âgée, cultivée et poudrée. Repose-toi, l'âme.
Les crachats renforcent, même s'ils te font mal.

4. Voilà comme on vit. On lit. On pense à la tombe,
Qui rend relatifs les échecs et les succès,
Comme un concours de bite avec trois pompiers
Et la tienne serait ou plus courte ou plus longue.

5. On pense à tout cela, on fait la profession
Donnée par le destin. Et l'on se sent un homme
Qui parie qu'il n'y a pas de bahut dans tel home,
Alors qu'il n'y a qu'un Bahut, et pas de maison.

6. On se lève la nuit, vers une heure et demie
Et si l'on voit la lune à travers le carreau
Elle n'est que le délire d'un drogué miro
Rêvé par un sergent confit dans l'eau-de-vie.

7. Et c'est bien que, parfois, des fous s'en prennent à toi.
Ils te chassent, des clous et des rasoirs comme armes.
On évite l'un, puis l'autre, et dans ces alarmes,
Pas le temps de sentir solitude ou effroi.

8. Il faudrait se cacher en attendant l'été,
Et garder profil bas pour fuir le désastre,
Que le KGB te perçoive comme un astre.
Sans lequel l'Univers n'aurait jamais été.

Le dernier quatrain avait été ajouté d'une écriture large et rapide, avec une précipitation évidente. Le mot « KGB » était barré. Dessus, l'on avait écrit « AFB », avant de le barrer aussi. Et, à côté, s'étalait un « MVBD » tout aussi biffé[1].

---

1. Après la chute de l'URSS, le KGB (Comité de sécurité de l'État) fut d'abord remplacé par l'AFB (Agence fédérale de sécurité), puis par le MVBD (ministère de la Sécurité et des Affaires intérieures), avant de connaître d'autres avatars.

9

Le cavalier noir

Maxime ferma le portillon, regarda devant lui et se figea. Le berger allemand des propriétaires, surgi de derrière les buissons d'églantier, marchait lentement vers lui. Il était pensif et calme, avec des yeux rouges luisants. Quelques filaments de bave pendaient de ses babines, comme des pendentifs en diamant, ce qui lui donnait un air de ressemblance avec une princesse ensorcelée. Le chien contempla d'un air douteux le calot rouge de Maxime, orné d'un gland jaune et d'une inscription au surligneur gras : « VIVA IL DUCE MUSSOLINI ». Il ouvrit toute grande la gueule pour aboyer, mais aperçut les grandes bottes d'officier que Maxime avait soigneusement cirées le matin même et se calma.

– *Banzaï !* cria une femme en cheveux et en robe de chambre qui sortit des buissons derrière le chien. *Banzaï !*

– *Banzaï !* répondit Maxime joyeusement.

Mais ce qu'il prit pour une résonance spirituelle inespérée et d'autant plus belle n'était que l'effet d'un malentendu. La femme ne le saluait pas. Elle se contentait d'appeler son chien. Maxime toussa fortement dans son poing et se dit qu'il se trompait toujours lorsqu'il pensait trop de bien des gens.

– Excusez-moi, dit-il d'une voix de baryton bien posée, Nikita est-il à la maison ?

La femme, sans répondre, tira en arrière le chien qui résistait. Maxime frappa doucement à la fenêtre, couverte à l'intérieur par une feuille de métal. Un petit judas noir s'y ouvrit et un œil attentif, à la pupille fortement dilatée, y apparut. Puis l'ouverture se referma, et le grincement d'une table de chevet que l'on bougeait parvint distinctement de derrière la porte située à côté de la fenêtre. Le visage pâle de Nikita, encadré d'une barbiche blonde et clairsemée, apparut dans la fente entrouverte. D'abord il regarda Maxime, puis s'étant assuré qu'il n'y avait plus rien ni personne, il ôta la chaîne.

– Entre, dit-il.

Maxime obtempéra et regarda autour de lui pendant que Nikita fermait la porte et la barricadait avec la table de chevet. Dans le décor, rien n'avait changé depuis la dernière fois. Appuyé contre un tas de bric-à-brac empilé, il y avait seulement un nouveau panneau, trouvé quelque part : « Les moyens d'agression aérienne de l'impérialisme ». Il était couvert de grandes photographies d'avions, en noir et blanc. Sur le matelas qui servait de couche à Nikita, près du mur, une montagne de plan[1] s'élevait sur un journal plié. D'après la couleur vert foncé, un rien roussie, Maxime sut qu'il provenait du Nord-Ouest et appartenait à la récolte de la fin du printemps précédent. Le tas était grand : le volume de trois verres. Maxime ressentit une joie existentielle simple et calme qui se transforma en un sentiment de sécurité, non seulement pour le lendemain, mais au moins pour les deux semaines suivantes. Une grande

---

1. Mot argotique pour désigner le haschisch.

loupe, une feuille de papier parsemée de points verts et le livre préféré de Nikita, *Vaisseaux stellaires*, ouvert au milieu, étaient posés à côté du journal.

– Tu as des papirossy ?

Maxime hocha la tête et sortit de sa poche un paquet de *Kazbek*.

– Aspire-le toi-même, fit Nikita en prenant la loupe et en se penchant sur la feuille.

Maxime s'accroupit près du journal et ouvrit le paquet. Le cavalier noir de l'étiquette inquiétait son âme, et il sortit rapidement quelques papirossy avant de le remettre dans sa poche. Il en prit une, la mit dans sa bouche, visa le panneau et souffla fort dans le tube en carton. Le cylindre de tabac sortit avec force et alla s'écraser sur un avion noir : un bombardier B-52 Stratofortress équipé d'un missile Hound Dog.

– La cible est atteinte, chuchota-t-il en serrant le reste de la papirossa entre ses lèvres.

Puis il se pencha sur le tas de plan et se mit à aspirer pour en remplir le tube en carton.

Nikita, maître reconnu dans l'art du bourrage pneumatique, contempla l'activité de Maxime avec un air sombre et un tantinet dédaigneux, mais ne fit pas de commentaire. Sa technique était un peu différente : il laissait toujours un peu de tabac au fond du tube. Cela évitait au plan de rentrer directement dans la bouche. Il le faisait aussi à cause de la dette morale qu'il estimait avoir à l'égard de leurs prédécesseurs des années soixante[1], pour lesquels il avait beaucoup d'estime, alors que Maxime s'en fichait comme d'une

---

1. Allusion à l'art des peintres non conformistes des années soixante qui furent les premiers, après la disparition de l'avant-garde des années vingt, à défier l'esthétique du réalisme socialiste.

guigne, comme tous les post-modernistes. En bourrant le joint, il se bornait simplement à tordre le cylindre de papier collé au tube de carton, ce qui donnait le prétendu « embout sans tabac ».

Maxime prépara trois joints, en tendit un à Nikita, en prit un deuxième et frotta une allumette.

– Il est bon, celui-là, dit-il après en avoir inhalé deux bouffées, mais ce n'est quand même pas le plan Marshall. Plutôt le plan secret du sionisme mondial, non ?

– Je ne dirais pas cela, répliqua Nikita. C'est plutôt le plan léniniste de la révolte armée.

– Oh, s'anima Maxime. Comme celui qu'il faisait pousser à Razliv et donnait aux marins[1] ?

– Ouais. Il y avait aussi le plan GOELRO[2].

– Le GOELRO, se souvint Maxime, c'est bien celui que l'on a fumé la semaine dernière ? Je n'ai pas aimé. Après, j'avais des cercles jaunes devant les yeux.

– Il y avait là également le plan léniniste de coopération, marmonna Nikita, le plan d'industrialisation et le plan de construction du socialisme dans un seul pays.

– Où ça « là » : là où tu l'a pris, ou chez Lénine ?

– Oui, dit Nikita. Mais il n'y avait pas de plan Marshall.

Plan Marshall était le nom d'une variété étonnante de hasch en provenance d'Extrême-Orient. Elle avait surgi, l'année précédente, à la périphérie du monde de Nikita, là où commençaient des comptes criminels

---

1. Village finnois, non loin de Petrograd, où, pendant l'été 1917, Lénine, recherché par la police du gouvernement provisoire, se réfugia dans une cabane. Selon la mythologie soviétique, ce fut là qu'il prépara l'insurrection armée.
2. Acronyme d'Électrification d'État de Russie. En 1920, le plan GOELRO fut le premier plan de développement industriel de Russie fondé sur l'électrification.

compliqués et où le shit se payait plus souvent en bastos de Makarov 9 mm qu'en *bucks* d'une jolie couleur verte. Il n'avait pu obtenir que très peu de plan Marshall, mais le goût en était tellement extraordinaire qu'il était devenu un étalon obligé de comparaison.

Nikita finit son joint et prit la loupe pour se pencher sur la feuille de papier parsemée de points verts.

– Que regardes-tu ? s'intéressa Maxime.

– Des punaises de chanvre, répondit Nikita.

– Des punaises de chanvre ?

– Tu n'en as jamais vu ? fit son ami mélancoliquement. Eh bien, regarde.

Maxime approcha un œil du papier et aperçut quelques morceaux triangulaires de chanvre secs, à peu près de la même taille, deux ou trois millimètres, formés d'une petite feuille et d'un minuscule morceau de tige. En se rendant compte du temps que Nikita avait dû passer à tamiser le tas d'herbe pour sélectionner ces bouts, Maxime regarda son copain avec estime.

– C'est de la pelure, dit-il. De quelles punaises parles-tu ?

– Je pensais comme toi, fit Nikita. Mais regarde à la loupe.

Maxime prit l'instrument et se pencha sur la feuille. D'abord, il ne remarqua rien d'extraordinaire dans les morceaux de plan grossis plusieurs fois, puis il distingua des rayures symétriques bizarres. Soudain, tout fut clair. Comme cela arrive dans ces jeux où il faut reconnaître le contour d'un objet familier au milieu d'un entrelacs chaotique de lignes, il accommoda sa vision et ce qui semblait être une pelure de chanvre se transforma en un minuscule insecte plat, vert-brun, avec une tête allongée (que Maxime avait pris pour un bout de tige) et un corps triangulaire rigide avec un semblant d'ailes (dont on pouvait même voir la fine ligne de séparation) et des pattes serrées contre l'abdomen et qui se confondaient avec lui.

– Sont-ils morts ou bien dorment-ils ? demanda Maxime.

– Non, répondit Nikita. Ils font semblant. Mais lorsqu'on ne les regarde pas pendant longtemps, ils se mettent à ramper.

– Je n'y aurais jamais pensé, marmonna Maxime. Voilà, il y en a un qui bouge. Tu as trouvé cela depuis longtemps ?

– Hier.

– De toi-même ?

– Non, dit Nikita. On me les a montrées. Je ne savais pas.

– Et sont-elles nombreuses dans l'herbe ?

– Très, affirma Nikita. Une centaine par verre. C'est un minimum.

– Et pourquoi ne l'avons-nous pas remarqué avant ? demanda Maxime.

– C'est qu'elles sont très rusées. Elles se camouflent en plan... Mais il paraît qu'il y a un indice. Un jour avant l'arrivée des flics, elles quittent le bateau, comme les rats. Les gens intelligents s'en servent d'ailleurs comme système d'alarme : ils posent une boîte d'herbe sur un placard et la couvrent d'un bocal de trois litres, en verre. Si les punaises sortent et se répandent sur les parois du bocal, ils ramassent aussitôt tout le shit pour le planquer dans un autre flat.

– Tu veux dire, dit Maxime, qu'il y en a dans chaque joint ?

– Pratiquement, oui. Tu n'as pas remarqué que parfois, quand tu fumes, ça pète ? Et que l'odeur change ?

– Mais ce sont des graines.

– C'est ce que je pensais avant. Mais hier, j'ai bourré exprès un joint uniquement avec des graines et il n'y avait rien de tel.

– Alors, c'est...

– Eh oui. Ce sont elles.

Dans la main de Maxime, le joint péta et lança un filet de fumée long et mince, comme si un volcan microscopique était entré en éruption, à l'intérieur. Il regarda sa papirossa d'un air effrayé et tourna les yeux vers Nikita.

– Voilà, dit celui-ci. Tu as compris ?

– Mais cela arrive au moins trois fois à chaque joint, constata Maxime, en pâlissant.

– C'est bien ce que je dis.

Maxime se tut et réfléchit. Nikita s'assit par terre et se mit à enfiler ses baskets.

– Que fais-tu ? demanda Maxime.

– J'ai la trouille, expliqua Nikita. Il faut sortir. As-tu l'heure ?

– Non.

– Alors, branche la radio. On va la dire. Je dois être au marché à trois heures.

Maxime tendit la main vers un vieux poste et tourna le bouton. C'étaient les informations.

Dans son discours devant l'assemblée générale de l'ONU, disait une voix féminine et xylophonique, *le roi Hussein de Jordanie a affirmé que le plan américain de règlement au Proche-Orient lui semblait peu efficace. Il a déclaré que les peuples arabes avaient leur propre plan et qu'il fallait le faire mieux connaître de l'opinion publique internationale. Et maintenant, quelques mots sur notre pays. Notre correspondant au Kouzbass rapporte la septième mise en exploita-*

tion de haut fourneau au combinat métallurgique de Novokramatorsk depuis le début du plan quinquennal. Expliquons à nos auditeurs que, dans la terminologie antérieure, un haut fourneau est égal à dix verres, ou encore à mille joints. Ainsi, sept mi...

Nikita se pencha vers l'interrupteur et coupa le caquet à la présentatrice.

– Inutile d'attendre, dit-il. Il vaut mieux demander dans la rue.

– Mille joints…, répéta rêveusement Maxime.

Soudain, il ouvrit des yeux tout ronds :

– Eh, as-tu entendu ce qu'elle vient de dire ?

– Oui, répondit Nikita. Et alors ?

– Rien ne t'a étonné ?

– Non.

– Ça alors, ricana Maxime, mais t'es complètement shooté, mon pote. Tu n'as vraiment rien remarqué ?

– Et qu'est-ce qu'il fallait remarquer ?

– Ben, le quinquennat. Il n'y en a plus.

– Il n'y a plus de quinquennats, sentença Nikita, mais le plan quinquennal reste. Il était fixé cinq ans à l'avance.

– Ah ! OK, saisit Maxime.

Nikita regardait par la fenêtre.

– Passons vite, dit-il, tant qu'il n'y a personne dans la cour. On prend encore un joint ?

– Pas de problème, dit Maxime en fourrant une papirossa dans sa poche.

Nikita s'arrêta près de la porte.

– Attends, dit-il en regardant Maxime avec une expression de doute. Ça ne va pas comme ça.

– Qu'est-ce qui ne va pas ?

– T'as l'air dégonflé, voilà quoi. Retourne ton calot.

Maxime enleva docilement son couvre-chef et le

remit, le gland jaune en avant. Nikita eut une moue de satisfaction et ouvrit la porte.

Dehors, il faisait frais et le vent soufflait. Une averse venait de passer, mais le macadam était déjà sec. Ils s'engagèrent sur la route en direction de l'arche brillante du tuyau de la centrale thermique qui se cambrait au-dessus de la chaussée comme une lettre Π géante[1].

— Regarde, dit Nikita, en pointant son doigt en avant. Qu'est-ce que c'est que ce Π ?

Maxime regarda dans la direction indiquée.

— Arrête, fit-il, tu commences à divaguer. Viens.

Sans savoir vraiment pourquoi, ils eurent soudain peur de passer sous le Π et, quitte à mouiller leurs pantalons et à salir leurs chaussures, préférèrent escalader le tuyau à quelques mètres à droite de l'arche. Nikita regarda attentivement les pieds de Maxime.

— Pourquoi portes-tu des bottes ? demanda-t-il. Il fait chaud.

— J'entre dans mon personnage, répondit Maxime.

— Quel personnage ?

— Celui de Gaïev. Nous montons *La Cerisaie*.

— Et alors, tu y es entré ?

— Presque. Seulement, le point culminant me pose des problèmes. Je n'ai pas encore ressenti mon rôle jusqu'au bout.

— C'est quoi ?

— Le point culminant ? C'est le point qui éclaire le rôle. Pour Gaïev, par exemple, c'est le moment où on

---

1. Il s'agit de la lettre P russe. En Russie, les immeubles sont chauffés et approvisionnés en eau chaude à partir de chaufferies communes à plusieurs groupes d'immeubles. De ce fait, d'énormes tuyaux métalliques traversent les quartiers, formant parfois des ponts au-dessus des rues ou des routes.

lui dit qu'on lui a trouvé une place dans une bonne boîte, à la banque. À ce moment, tous les personnages se tiennent autour de lui, des couperets à la main. Gaïev les dévisage lentement et dit : « Je serai dans une boîte. » Et c'est là qu'on lui enfonce, par-derrière, un aquarium sur la tête et qu'il laisse tomber son glaive de bambou.

– Pourquoi un glaive de bambou ?
– Parce qu'il joue au billard, expliqua Maxime.
– Et pourquoi un aquarium ?
– Comment cela ? répondit Maxime. C'est le post-modernisme. De Chirico. Si tu veux, viens nous voir, tu jugeras par toi-même.
– Non, je n'irai pas, dit Nikita. Ça pue la cire à cacheter dans votre cave. Et je n'aime pas le post-modernisme. C'est l'art des portiers soviétiques.
– Pourquoi ?
– Mais parce que rester à leurs postes, à ne rien faire, les ennuyait. Alors ils ont inventé le post-modernisme. Écoute bien la sonorité du mot.
– Nikita, dit Maxime, pas de ça avec moi. N'as-tu pas travaillé toi-même comme portier[1] ?

La mer apparut sur leur gauche, entre des collines, mais la route tourna aussitôt à droite et la mer disparut. Il n'y avait personne devant eux. Maxime mit la main dans sa poche, en sortit un joint et l'alluma.

– Oui, je travaillais, dit Nikita en acceptant le pétard fumant. Seulement, je ne gâchais jamais le job des

---

1. Sous Brejnev, beaucoup d'intellectuels et d'artistes marginaux se virent obligés de travailler comme portiers, garçons d'ascenseur, veilleurs de nuit, etc., de manière à avoir un statut social et ne pas être accusés de parasitisme, ce qui pouvait entraîner des peines de camp et l'exil forcé.

autres. Et toi, tu étais un parasite, même à l'époque où tu ne t'étais pas encore acclimaté à cette cave. Tu te souviens que je t'ai demandé une fois de m'échanger un tableau contre trente joints ?

– Lequel ? demanda Maxime d'une voix fausse.

– Comme si tu ne t'en souvenais pas ! *La Mort d'un coup de fusil sous-marin dans le jardin des masques d'or*, répondit Nikita. Et qu'as-tu fait ? Tu as découpé un triangle dans le centre pour y écrire : « Zob ».

– Eh, vieux, répondit Maxime avec une froide dignité, ne me raconte pas de bobards. Cela fait longtemps que nous avons dépassé ça. J'étais alors un artiste conceptualiste, et c'était un happening.

Nikita aspira profondément la fumée et toussa.

– Artiste conceptualiste ? Dis plutôt que tu n'es qu'une merde, éructa-t-il en reprenant haleine. Tu ne sais rien faire d'autre que de découper des triangles et d'écrire « zob », voilà pourquoi tu inventes des noms compliqués. Et dans *La Cerisaie*, vous avez aussi découpé un triangle et écrit « zob », mais ce n'est pas ça qui fait un spectacle. Et d'ailleurs, dans tout ce post-modernisme, il n'y a que des zobs et des triangles.

– J'ai tué le peintre conceptualiste en moi, dit Maxime d'un ton conciliant.

– Et c'est pour ça que tu pues tellement des dents ?

Maxime s'arrêta au milieu du chemin et ouvrit la bouche, mais se souvint qu'il voulait demander à son copain de lui prêter du plan et la referma. C'était le comportement ordinaire de Nikita lorsqu'il sentait qu'on allait lui demander de l'herbe.

– Tu es devenu comme mon commissaire de quartier, dit Maxime doucement. Il m'expliquait aussi la vie. Tu ne veux pas travailler à l'usine, disait-il, et c'est pour cela que tu inventes des conneries.

– Bien dit. La seule différence entre ce commissaire et toi, c'est que, quand il enfile ses bottes, il ne sait pas que c'est un parti pris esthétique.

– Mais qui es-tu, toi ? éclata Maxime. Tu vas peut-être me dire que tu n'es pas un post-moderniste ? Tu es exactement la même merde que moi.

Mais il se calma aussitôt et ses yeux s'enveloppèrent de nouveau d'une mélancolie indolente.

– Il était bien, ce tableau, dit Maxime. *La Mort d'un coup de fusil sous-marin*. C'était quelle période ? Astrakhan ?

– Non, répondit Nikita. Période kirghize.

– Mais je me souviens très bien qu'il appartenait à la période d'Astrakhan.

– Non, dit Nikita. La période d'Astrakhan, c'est *Les Prisonniers non humanoïdes dans le QG de la région militaire de Kiev*. J'ai eu une longue période kirghize, ensuite une brève période d'Astrakhan, et puis une nouvelle période kirghize. Ce que je ne pardonnerai jamais à Gorbatchev, c'est qu'on a perdu l'Asie centrale. Quel pays il a démoli !

– Tu penses qu'il l'a fait exprès ? demanda Maxime en s'efforçant d'éloigner la conversation du sujet dangereux. Il n'avait tout simplement pas de plan précis d'action.

Nikita ne poursuivit pas la conversation. La chaussée sur laquelle ils marchaient les éloignait de plus en plus de la mer. Ils étaient entourés de collines nues, et Maxime pensa que si la pluie recommençait, ils ne trouveraient aucun abri. Il commençait à faire froid.

– Et si nous rebroussions chemin, suggéra-t-il. Eh, laisse-moi le talon !

Nikita avala une dernière bouffée et lui tendit le mégot.

— C'est pas la peine de faire demi-tour, expliqua-t-il. Il va bientôt y avoir une bifurcation : Il suffit de la prendre.

Un peu plus loin, une route étroite et bitumée se séparait de la chaussée principale. Elle longeait une longue palissade en bois derrière laquelle on voyait le chantier d'un sanatorium inachevé et deux grues. Maxime pensa avec inquiétude qu'ils risquaient de rencontrer des chiens sur la route. Mais lorsque Nikita s'y engagea, il le suivit sans rien dire.

Soudain, une pensée désagréable lui traversa l'esprit.

— Dis, Nikita, pourquoi avons-nous parlé de boîte ?
— Tu me parlais de *La Cerisaie*.
— Non, avant. Nous parlions des punaises de chanvre.
— Ah oui. On couvre une boîte d'herbe avec un bocal renversé et on regarde : si les punaises sortent, c'est que les flics vont arriver.

Dans la main de Maxime, la papirossa émit à la fois un craquement et un long filet de fumée, fin comme l'échappement d'une fusée. Maxime tressaillit.

— Bien, dit-il, et pourquoi sommes-nous sortis de la maison ?
— J'ai eu peur, dit Nikita. J'ai eu le pressentiment que les flics allaient venir.
— C'est clair, conclut Maxime en regardant derrière eux. Dépêche-toi.

Il devint si pâle qu'en le voyant Nikita prit peur et accéléra le pas.

— Pourquoi cette hâte ? demanda ce dernier.
— Tu n'as rien compris ? On ne va pas tarder à nous arrêter.

Nikita comprit enfin. Il marcha plus vite lui aussi, tourna la tête et vit sur la chaussée une Jeep jaune avec une bande bleue qui courait le long des ailes et des portières. Malheureusement, ces couleurs n'avaient rien à voir avec l'indépendance de l'Ukraine[1].

– Arrête-toi, dit Nikita en regardant Maxime avec des yeux déments. On ne peut pas leur échapper comme ça. Ils sont en voiture.

– Qu'est-ce que tu proposes ?

– Couchons-nous au bord de la route et faisons les morts. Ils feront semblant de ne pas nous voir : que diable auraient-ils besoin d'ouvrir un nouveau dossier ?

– T'es complètement dingue, lui jeta Maxime. Il faut nous cacher.

– Et où te cacher, ici ?

Une énorme décharge commençait à gauche du chemin. À proprement parler, ce n'était pas une décharge, mais un terrain complètement ravagé, sorte d'entrepôt à ciel ouvert de matériaux de construction, de dalles de toutes formes et dimensions, de préfabriqués bétonnés et de tuyaux mêlés à des quantités effroyables de déchets et d'ordures. Maxime se retourna et vit que la Jeep de la milice s'engageait sur la route où ils se trouvaient.

– Cours, chuchota Maxime en se ruant vers une ouverture entre deux rangées de dalles.

Nikita courut derrière lui. Le grondement du moteur qui s'approchait retentit derrière eux, puis cessa.

– Ils sont descendus de voiture ! glapit Maxime.

Il glissa sur une planche mouillée, tomba, rebondit sur ses pieds, tourna derrière une autre pile de dalles et plongea dans un tuyau de béton vide, posé devant une montagne de caisses vides. Nikita le suivit. Le tuyau avait presque deux mètres de diamètre, et ils n'avaient pas besoin de se plier. Ils le parcoururent

---

1. Bleu et jaune sont les couleurs du drapeau national ukrainien, et aussi celles des voitures de la milice.

entièrement et s'arrêtèrent en reprenant leur souffle devant un cul-de-sac : les parois convergeaient en cône et ne laissaient qu'une ouverture de la circonférence d'une tête.

– Est-ce qu'ils nous ont vus ? s'inquiéta Nikita.

– Chut ! fit Maxime.

– Ils ne peuvent pas nous entendre, reprit Nikita. Il y a simplement un effet acoustique, ici. Ne perds pas la tête.

– Qui perd la tête ? dit Maxime. Moi ? Est-ce moi qui ai proposé de faire les morts, comme ces punaises ?

Nikita ne dit rien et regarda le trou par lequel ils étaient entrés. Il formait une tache blanche, à une quinzaine de mètres, et paraissait tout petit. L'atmosphère était moite. Nikita finit par tourner les yeux vers Maxime. Lorsque celui-ci réfléchissait, son visage changeait. Il perdait son habituelle expression de dignité polie et commençait à ressembler à une prothèse : il y avait beaucoup de trognes comme la sienne sur les photos d'archives du ministère des Voies fluviales de l'URSS. Nikita les avait obtenues par hasard, en les échangeant contre du plan.

– Attendons une demi-heure, puis nous sortirons pour voir, proposa Maxime. T'es encore speedé, toi ?

– Ouais, dit Nikita.

– Moi aussi. C'est du cool. Je peux t'en emprunter un peu ?

Nikita hocha la tête.

– Merde, reprit Maxime, en sachant d'expérience qu'après un accord conditionnel de Nikita il fallait changer de sujet aussi vite que possible. J'ai perdu mon calot. Peut-être lorsque j'ai glissé.

Nikita tomba dans le panneau.

– Non. Tu l'as ôté avant. Fouille dans tes poches.

Maxime obéit et commença par en sortir un paquet de *Kazbek*.

– J'ai compris une chose, fit-il. Les papirossy *Kazbek* ne sont pas Kazbek du tout.

– Pourquoi ?

– Mais regarde. C'est marqué « Kazbek », et qu'est-ce qui est dessiné ?

– Le mont Kazbek.

– Ça c'est le fond, s'impatienta Maxime. Que vois-tu au premier plan ?

Nikita regarda le paquet comme s'il ne l'avait jamais vu auparavant.

– En effet, admit-il.

– C'est bien ce que je dis. Le cavalier noir. Et t'es-tu jamais demandé qui est ce cavalier noir ?

– Arrête, dit Nikita. Tu vas encore déconner.

Maxime s'apprêtait à répondre, mais Nikita leva le doigt devant ses lèvres.

– Chut !

Des voix résonnèrent non loin du tuyau, puis se calmèrent. Le silence régna pendant quelques instants, puis Maxime perçut un bruit rythmique, comme si quelqu'un tapotait de ses doigts la surface d'une table. Le son s'approchait, et il devint vite clair qu'il s'agissait du martèlement de sabots. Le fracas saccadé fit plusieurs fois le tour de leur refuge avant de cesser.

– Écoute, dit Maxime, en se levant. Je crois que nous paniquons pour rien. Pourquoi trembler ? Nous n'avons même plus de plan sur nous. Viens, sortons d'ici.

– D'accord, accepta Nikita en se levant.

Une rafale soudaine de vent s'engouffra dans le tuyau. Au début, Maxime pensa qu'il ne s'agissait que d'un fort courant d'air, mais il eut à peine le temps de faire deux pas que le vent le renversait et l'entraînait en arrière. Nikita parvint à conserver son équilibre et avança même de quelques mètres, en se penchant fortement en avant, mais le souffle forcit à ce point que les vieilles caisses empilées en tas devant le tuyau furent arrachées et aspirées dans le trou. Nikita parvint à en éviter trois ou quatre, mais le vent l'obligea à se mettre à quatre pattes et à s'accrocher aux aspérités du béton. Derrière lui, Maxime était étendu au fond du tuyau, et le petit trou noir au-dessus de sa tête sifflait horriblement en aspirant l'air. Il cria, mais Nikita ne comprit rien car le courant d'air entraînait les sons dans la direction opposée. Les caisses continuaient à voler vers l'intérieur, et l'une d'elles le frappa aux mains. Il desserra les doigts et roula, pêle-mêle avec elles, en direction de Maxime. L'intensité du vent devint telle que les caisses ne roulaient plus, mais volaient en se fracassant entre elles et contre les murs du tuyau. Nikita se boucha les oreilles avec ses paumes et ferma les yeux en sentant que le grondement devenait de plus en plus fort et que son corps était littéralement encastré dans un conglomérat de planches craquantes. Il pouvait à peine bouger lorsque le souffle s'arrêta aussi soudainement qu'il avait commencé.

– Eh ! cria Nikita. Maxime ! Tu es vivant ?
– Vivant. Où es-tu ?
– Ici, où veux-tu que je sois ? répondit Nikita.

Le dos de Maxime était coincé contre la pente abrupte du béton et tout l'espace environnant était encombré de caisses brisées au point qu'il ne pouvait même pas bouger. À en juger par sa voix, Nikita n'était pas loin, à trois ou quatre mètres, derrière une bouillie de planches et de débris, mais il ne le voyait pas.

– Qu'est-ce que c'était ? demanda Maxime.

– Tu n'as pas pigé ? répliqua Nikita, avec une joie mauvaise. On nous a enfoncés dans un joint.
– Qui ? Les flics ?
– Qu'est-ce que j'en sais ?
– Je crois que j'ai une jambe cassée, se plaignit Maxime.
– Bien fait pour toi. Combien de fois t'ai-je dit de ne pas tourner des embouts sans tabac. Maintenant, bien sûr, cela ne fait pas la moindre différence. Ça va venir...
– Qu'est-ce qui va venir ?
– Réfléchis, Maxime.

En fait, ce n'était même plus la peine de réfléchir. Le vent souffla de nouveau, en apportant, cette fois, d'épaisses bouffées de fumée. Les deux amis se mirent à tousser. Maxime sentit une vague de chaleur brûlante et, par les fentes entre les planches, aperçut les reflets rouges d'un feu encore lointain. Puis tout se voila de fumée, et il cligna les yeux. Il était impossible de les garder ouverts.

– Nikita ! cria-t-il.

Nikita ne répondit pas.

Bon, réfléchissait Maxime. *Je suis au bout, et un joint, c'est à peu près huit bouffées. Il y en a déjà eu deux. Donc...*

Une nouvelle vague de chaleur se déversa sur lui et il se sentit étouffer. Du goudron chaud lui coula sur les bras et le visage.

– Nikita ! cria-t-il de nouveau en tentant de rouvrir les yeux.

Une lueur pourpre brilla à travers la fumée, tout près, et, à l'endroit où il entendait précédemment la voix de Nikita, une crépitation assourdissante retentit. Maxime détourna avec peine la tête du trou où était attirée toute la fumée et s'efforça d'aspirer un peu d'air. Il y parvint.

Et si le joint est court, pensa-t-il avec horreur, *on peut le fumer en cinq bouffées... Dieu ! Si tu m'entends !*

Il voulut se signer, mais ne put dégager ses mains coincées par le bris des caisses.

— Dieu ! Pourquoi cette punition ? chuchota-t-il.

Une voix tonitruante et en même temps cordiale sortit du trou par où était aspirée la fumée.

— Crois-tu que je te veuille du mal ?

— Non ! cria Maxime, en se pressant contre le béton pour se protéger de la chaleur brûlante qui l'enveloppait. Je ne le pense pas ! Dieu, pardonne-moi !

— Tu n'as commis aucune faute, tonna la voix. Pense à autre chose.

10

Vol au-dessus d'un nid d'ennemis

La pluie tambourinait sur le toit de l'arrêt d'autobus. Natacha était assise sur le banc de fer étroit. Pelotonnée dans l'angle de verre froid, elle pleurait. Sam, assis près d'elle, tentait de s'abriter des gouttes qui l'éclaboussaient.

— Natacha, lui dit-il en essayant d'écarter ses mains de son visage.

— Sam, protesta Natacha, ne me regarde pas. Mon mascara a coulé.

— Calme-toi. Tu dois boire quelque chose ou...

Il fourra deux doigts dans la poche de sa chemise et en sortit une longue papirossa avec une extrémité enroulée en forme de pointe de flèche. Il la regarda avec une nuance de doute avant de la placer entre ses lèvres et de l'allumer. Il tira deux bouffées et tapota l'épaule de Natacha.

— Tiens, goûte ça.

Natacha regarda précautionneusement par-dessous ses paumes.

— Qu'est-ce que c'est ? demanda-t-elle.

— De la marijuana.

— Où l'as-tu eue ?

— Tu ne vas pas me croire, expliqua Sam. Ce matin, j'étais sur le quai, encore vide, et j'ai entendu un bruit de sabots. En tournant la tête, j'ai aperçu un cavalier habillé en noir, avec une longue cape, une bourka. Il s'est approché de moi, a fait cabrer son cheval et m'a tendu la papirossa. Je l'ai prise. À ce moment, le cheval s'est mis à hennir...

– Et après ?
– Il est parti au galop.
– C'est bizarre.
– Mais non, dit Sam. Il me semble que c'est une ancienne coutume tatare. J'ai lu quelque chose dans ce genre chez Hérodote, quand j'étais au collège.
– Mais ça ne me fera pas de mal ? demanda Natacha.
– Ça te fera du bien, la rassura Sam en tirant une autre bouffée.

Comme pour confirmer ses paroles, la papirossa craqua entre ses doigts et lâcha un filet de fumée long et étroit. Natacha prit la papirossa avec crainte, comme un fil électrique dénudé, et regarda Sam d'un air incrédule.

– J'ai peur, chuchota-t-elle, je n'ai jamais essayé.
– Crois-tu, demanda-t-il tendrement, que je te veuille du mal ?

Le visage de Natacha se déforma, et Sam comprit qu'elle allait encore pleurer.

– Tu n'as commis aucune faute, dit-il avec la même tendresse. Pense à autre chose.

Natacha ravala ses larmes, approcha la papirossa de ses lèvres et inhala la fumée. La papirossa craqua une fois de plus et lâcha, en sifflant, un filet bleuâtre.

– Qu'est-ce qui craque ? demanda Natacha. C'est déjà la deuxième fois.
– Je ne sais pas, fit Sam. C'est sans importance.

Natacha jeta le mégot dans le ruisseau écumeux qui courait sur l'asphalte, entre ses jambes. Il s'éteignit et le courant le ballotta jusqu'à la cascade qui tombait du trottoir sur la chaussée. Lorsque le tube franchit la bordure, Natacha le perdit de vue.

— Tu vois ces bulles au fil de l'eau, Natacha ? demanda Sam. Elles nous ressemblent. Les insectes se tuent les uns les autres, souvent sans même s'en rendre compte. Et personne ne peut dire ce qu'il adviendra de nous demain.

— Je n'ai même pas remarqué qu'il s'était approché de moi, gémit Natacha. C'était un geste automatique.

— Il était ivre, argua Sam. Et puis, il faut être suicidaire pour piquer à la cuisse. C'est l'endroit le plus sensible.

Il toucha doucement celle de Natacha.

— C'est ici, non ?
— Oui, répondit-elle faiblement.
— Ça te fait mal ?

Natacha leva vers lui ses yeux verts, vides et énigmatiques.

— Embrasse-moi, Sam, demanda-t-elle.

La pluie se calmait. Sur la vitre de l'abribus, plusieurs annonces aux couleurs passées étaient collées. En enfonçant ses lèvres dans celles de Natacha, Sam remarqua juste en face de son visage une annonce manuscrite. L'écriture était grande et sûre, penchée à droite :

Chien gras vendu bon marché.
Téléphoner le soir. Demander Serioja.

Les franges de papier avec le numéro de téléphone étaient toutes détachées. À côté pendait un autre message :

> Jeune homme discret pour
> massage à domicile
> Tarifs à discuter.

Sous elle, une troisième annonce n'était presque plus lisible, mais on devinait qu'un certain Andris voulait acheter d'urgence un fauteuil « Memphis » pour un ensemble « Atlantis ».

– Oh Sam, dit Natacha, personne ne m'a encore embrassée comme ça.

– Où pourrait-on aller ?

– Ma mère est à la maison, et nous sommes brouillées.

– Peut-être dans ma chambre, à l'hôtel ?

– Tu parles ! Qu'est-ce qu'on va penser de moi ? Ici, tout le monde connaît tout le monde. Non, il vaut mieux aller chez moi.

– Et ta mère ?

– Elle ne nous verra pas. Seulement, elle a une habitude horrible : elle lit tout le temps à voix haute. Sinon, elle perd le sens.

– C'est loin ?

– Non, dit Natacha. C'est tout près. Sept minutes à tout casser. Je dois être horrible, non ?

Sam se leva, sortit de l'abri et leva la tête.

– Viens, dit-il, il ne pleut plus.

Le chemin de terre qui menait vers le centre de vacances s'était transformé en un fleuve de boue. Au loin, l'Ilitch argenté et couronné de vigne ressemblait à la figure de proue d'un navire englouti dans une mer de fange roussâtre. D'abord, Sam s'efforça de poser ses pieds là où la boue lui semblait moins profonde, mais rapidement le chemin lui apparut comme un être vivant rusé et méchant qui s'ingéniait à l'embêter le plus possible pendant qu'il utilisait ses services. Il décida de marcher sur l'herbe : ses chaussures s'emplirent d'eau, mais, en revanche, le frottement des brins humides essuya la boue accrochée à ses mocassins. Natacha marchait devant lui, un chausson dans chaque main, en les balançant avec une grâce étonnante.

– On est presque arrivés. Maintenant, c'est à droite.

– Mais il n'y a que du gazon là-bas, dit Sam.

– Oui, reconnut Natacha, nous vivons modestement, mais d'autres vivent encore moins bien. Par ici. Ne glisse pas. Tiens ma main.

– Ça ira... Oh, diable !

– Je t'ai dit de me donner la main. Ce n'est pas grave, on va le laver et ça séchera en une heure. Maintenant, en avant et à gauche. Penche la tête, sinon tu vas te cogner. Voilà, par ici.

– On peut allumer la lumière ?

– Il ne faut pas, sinon ma mère va se réveiller. Tes yeux vont s'habituer. Et parle très bas.

– Où est-elle ? demanda Sam en chuchotant.

– Par là, répondit Natacha.

Peu à peu, Sam commença à distinguer les objets. Natacha et lui étaient assis sur un petit canapé-lit. Un radio-cassette-stéréo portable était posé sur la table de chevet, à côté d'une table de travail surmontée d'une étagère avec des livres. Un petit frigo blanc bourdonnait doucement dans un coin et, comme pour compenser l'absence évidente de viande à l'intérieur, une affiche d'un Silvester Stallone nu jusqu'à la ceinture était collée sur la porte. À trois mètres du canapé, la pièce était coupée en deux par un paravent jaune qui montait presque jusqu'au plafond.

Sam sortit une cigarette et claqua son briquet. Natacha essaya de lui attraper la main, mais trop tard : le feu brilla et un sourd gémissement féminin se fit entendre de l'autre côté du paravent.

– Voilà, dit Natacha, tu l'as réveillée.

Quelque chose de lourd bougea et toussa derrière l'écran. Puis il y eut un bruissement de papier et une voix légère et féminine se mit à lire à haute voix, très distinctement :

Mais, naturellement, tous les insectes initiés à l'art jusqu'à un certain degré ne doutent pas du fait que pratiquement le seul épiphénomène quasi actuel post-esthétique du processus littéraire actuel – sur le plan égalitaro-eschatologique culturel intérieur, bien entendu – est l'almanach Le Zob triangulaire *dont le premier numéro sera bientôt en vente. La revue a été préparée par Vsouïeslav Petoukhov et Semion Kloptchenko-Konoplianykh*[1]. *Note : l'avis des auteurs peut ne pas coïncider avec celui de la rédaction. Vol au-dessus d'un nid d'ennemis. Pour le cinquantième anniversaire de la chrysalidation d'Arkadi Gaïdar*[2].

– Maintenant, on peut parler plus fort, dit Natacha, elle n'entendra rien.

– Et ça la prend souvent ? demanda Sam.

– Presque tout le temps. Veux-tu brancher de la musique ?

---

1. Ces noms pourraient se traduire par Vaine-Gloire Lecoq et Semion Punaiso-Chanvry.
2. Auteur de nouvelles pour enfants qui glorifiait le romantisme révolutionnaire et justifiait la cruauté de la lutte du prolétariat contre les ennemis de classe. Correspondant militaire, il mourut au front au début de la Deuxième Guerre mondiale. Pendant toute l'époque soviétique, il a été considéré comme l'un des plus grands classiques de la littérature pour la jeunesse.

— Il ne faut pas, dit Sam.

— Donne-moi une bouffée, dit Natacha, en s'asseyant sur les genoux de Sam et en prenant entre ses doigts la cigarette allumée.

Sam enlaça son ventre et sentit le creux chaud du nombril sous le tissu vert mouillé.

Et il s'avère, lisait la voix légère, derrière le paravent, *qu'en fait, il n'y a personne pour le lire : les adultes ne le feront pas, et les enfants ne remarqueront rien, comme les Anglais ne remarquent pas qu'ils lisent en anglais. « Adieu ! m'endormais-je. Les tambours battent la campagne. À chaque détachement, son chemin, sa honte et sa gloire. Nous voilà séparés. Le bruit des sabots a cessé, et le champ est vide. »*

— Comment fait-elle pour lire sans lumière ? demanda Sam très bas, en tentant de dévier l'attention de Natacha d'une pause maladroite créée par la résistance d'une fermeture éclair en plastique qui refusait de céder.

— Je ne sais pas, chuchota-t-elle. Pour autant que je m'en souvienne, cela a toujours été comme ça…

Tu vois le monde avec des yeux d'enfant, et non à cause du caractère primitif des sentiments décrits – bien qu'ils soient assez complexes –, mais à cause des possibilités infinies que recèle en lui le monde du Destin *d'un tambour. Cette légèreté indifférente et un peu triste avec laquelle le héros perçoit les nouveaux tournants de son destin est comme une propriété de la vie qu'il ne vaut pas la peine d'accentuer. « Maintenant, personne ne me reconnaîtra ni me comprendra, pensais-je. Mon oncle me placera à l'école des cadets et partira lui-même pour Viatka. Soit ! Je vivrai seul et ferai des efforts. Et je cracherai sur mon passé. Je l'oublierai, comme s'il n'avait jamais existé… » L'univers dans lequel vit le héros est véritablement beau :*

« *Et sur la montagne, au-dessus du précipice, s'entassaient des bâtiments blancs comme des palais, et des tours claires et majestueuses. Pendant notre approche, elles se tournaient lentement, se mettaient de profil en regardant les unes par-dessus les épaules puissantes des autres, et brillaient de verre bleu, d'argent et d'or...* »

Sam finit par céder.

– Natacha, comment ouvre-t-on cela ?

– Mais ça ne s'ouvre pas, se moqua Natacha. Elle est cousue juste pour faire beau.

Elle saisit le bas de la robe et la fit passer d'un mouvement brusque par-dessus sa tête.

– Mince, dit-elle. Ça m'a décoiffée.

Mais qui regarde ce monde étonnant qui se renouvelle sans cesse ? demanda la voix, derrière le paravent. *Qui est ce spectateur dans les sentiments duquel nous plongeons ? L'auteur lui-même ? Ou l'un de ses héros habituels : ce garçon qui recevra dans sa main, quelques dizaines de pages plus tard, la crosse froide d'un Browning ? Le thème de l'enfant tueur est l'un des principaux de l'œuvre de Gaïdar. Souvenons-nous de son* École *et de ce coup de feu de Mauser dans la forêt que nous avons l'impression d'entendre à chaque page et qui constitue la clé de l'intrigue. Et même dans ses derniers livres, comme* Notes du front, *cette ligne surgit régulièrement.* « *En craignant de ne pas être cru, il sortit de sa veste une carte de komsomol enveloppée dans un morceau de toile cirée... Je le regarde dans les yeux. Je mets un chargeur dans sa paume chaude... Ce garçon saura en faire bon usage...* »

Natacha déboutonna la chemise de Sam et serra les tendres ventouses de ses paumes contre sa poitrine couverte de poils raides.

Mais nulle part, poursuivit la voix en se faisant

plus forte, *cette note n'est aussi distincte que dans Le Destin d'un tambour. À proprement parler, toute l'action de ce livre est un prélude à l'instant où un écho bizarre répond aux détonations des coups de feu, comme un roulement de tambour venant soit du ciel, soit de l'âme même du héros, lyrique à tous les sens du mot. « Alors, j'ai tiré une fois, une deuxième, une troisième... Le vieux Iakov s'arrêta soudain et fit quelques pas maladroits en arrière. Mais je ne pouvais pas rivaliser avec un autre loup féroce, le sniper dangereux et sans pitié ! Même en tombant, je continuais à entendre ce même son, pur et clair, que ne pouvaient couvrir ni les coups de feu qui retentirent soudain dans le jardin, ni le bruit énorme de la bombe qui explosa à proximité... »*

Les paumes de Natacha descendirent plus bas et se heurtèrent à ce qui ressemblait au groupe cylindres monobloc, tout chaud, d'une formule 1. Natacha comprit que c'était l'endroit où naissaient les pattes de Sam et elle descendit encore plus bas, jusqu'à toucher le premier segment de son abdomen couvert de poils courts.

– *Oh yeah honey*, murmura Sam, *I can feel it.*

Sa patte se posa sur le dos froid et dur de Natacha et palpa l'articulation de l'aile, frémissante et couverte d'une mousse humide.

– *It's been my dream for ages*, chuchota Natacha avec l'intonation optimiste d'un cours de linguaphone, *to learn american bed whispers...*

Le meurtre ici, répliqua la voix derrière le paravent, *diffère peu de, disons, une tentative pour fracturer un tiroir de bureau à l'aide d'une lime ou des souffrances provoquées par un appareil photo cassé : l'aspect extérieur des événements est décrit brièvement et clairement, ainsi que le processus psychique qui accompagne les actions et qui rappelle la mélodie simple et touchante d'un petit orgue de Barbarie. Et ce courant de sensations, d'évaluations et de conclusions est tel qu'il n'admet pas l'apparition de doutes quant au bien-fondé des actions du héros.*

Bien entendu, il peut se tromper, faire des bêtises et regretter de les avoir faites, mais il a toujours raison, même lorsqu'il a tort. Il a le droit naturel d'agir comme il agit. Dans ce sens, Serioja Chtcherbatchev (tel est le nom du petit tambour) atteint sans aucun effort l'état d'esprit dont rêvait désespérément Rodion Raskolnikov. On peut dire du héros de Gaïdar que c'est un Raskolnikov qui va jusqu'au bout, sans avoir peur de rien, car sa jeunesse et l'unicité de sa perception de la vie lui rendent difficile d'imaginer que l'on puisse craindre quelque chose. Il ne voit simplement pas ce qui tourmente l'étudiant pétersbourgeois. Celui-ci accompagne son meurtre à coups de hache d'une réflexion triste et maladive, alors que celui-là commence gaiement à tirer au Browning après un monologue au petit matin. « Redresse-toi, tambour ! me souffla la même voix, chaleureuse et tendre. Lève-toi et ne plie pas ! C'est l'heure ! » Rejetons les réminiscences freudiennes...

Sam sentit que son suçoir se redressait sous les pattes agiles de Natacha et, pâmé, il regarda son visage. Une longue langue foncée pendait sur son menton et son extrémité velue se divisait en deux petites excroissances. Elle frémissait d'excitation, tandis que roulaient sur elle les gouttes vert foncé d'une sécrétion épaisse.

– *Eat me*, chuchota Natacha, en tirant les longues antennes rugueuses qui saillaient derrière les yeux de Sam.

Avec un gémissement vrombissant, il enfonça son suçoir dans la chitine verte de son dos, qui craqua.

... avait toujours des relations complexes avec le nietzschéisme. Dostoïevski a tenté de prouver par des moyens artistiques l'inconsistance de cette doctrine, et il y est parvenu de manière tout à fait convaincante. Mais cette preuve appelle des réserves : il a simplement démontré qu'un tel système d'opinions ne convenait pas à Rodion Raskolnikov tel qu'il l'a inventé. Or Gaïdar a créé l'image d'un surhomme tout aussi convaincante et véridique d'un point de vue artistique, c'est-à-dire n'entrant pas en contradiction avec le paradigme formulé par l'auteur lui-même. Serioja est absolument moral, et ce n'est pas étonnant, car toute morale (ou ce qui la remplace) dans toute culture est apportée dans l'âme de l'enfant grâce à une tétine spéciale faite de la beauté de la vie. À la place de l'État fasciste banal représenté dans Le Destin d'un tambour, *les yeux bleus de Serioja distinguent une étendue romantique sans fin, peuplée de géants sublimes engagés dans une lutte mystique dont la nature se dévoile un peu lorsque Serioja demande au surhomme supérieur, le commandant du NKVD Guertchakov, quelles forces servait l'homme abattu quelques jours plus tôt. « Il sourit malicieusement, mais ne répondit rien. Il tira une bouffée de sa pipe incurvée (sic !), cracha dans l'herbe, et tendit lentement la main en direction du soleil pourpre qui se couchait. »*

Natacha se serra contre l'abdomen de Sam, qui, devenu pourpre, gonflait et durcissait rapidement, et l'enlaça de ses six pattes.

– *Oh*, chuchota-t-elle, *it's getting so big... So big and so hard...*

– *Yeah baby*, répondit Sam indistinctement. *You smell good. And you taste good.*

Ainsi, poursuivit la femme, derrière le paravent,

nous avons plus ou moins élucidé l'œuvre de Gaïdar. Réfléchissons maintenant à ses motivations. Pourquoi un homme au crâne rasé, en vareuse et papakha, s'efforce-t-il de convaincre son lecteur, pendant plus de cent pages, que le monde est beau et que le meurtre commis par un enfant n'est pas un péché, car les enfants sont innocents par nature ? Il est probable que le seul écrivain proche de Gaïdar est Mishima Yukio. Mishima serait un Gaïdar japonais s'il avait simplement tué un seul saint Sébastien de son enfance, pendant la guerre. Mais Mishima est allé de la fiction à la réalité. À condition, bien sûr, de considérer comme réalité son suicide rituel et masochiste, commis après que ses photos dans la pose de saint Sébastien eurent été publiées dans quelques revues consacrées à la naissance du culturisme japonais. Gaïdar, lui, va de la réalité à la fiction. À condition, bien sûr, de considérer comme fiction la photographie exacte des émotions d'une âme d'enfant, transposées de la mémoire dans la solution physiologique d'un texte littéraire. « Plusieurs notes dans son journal restent incomprises, écrit un spécialiste de son œuvre. Gaïdar utilisait un code personnel qu'il avait élaboré. Parfois, il notait que des rêves répétitifs, du "schéma 1" ou du "schéma 2", le tourmentaient à nouveau. Et soudain, un texte clair comme un cri lui échappe : "J'ai rêvé des gens que j'ai tués dans mon enfance..." »

Derrière le paravent, la voix se tut.

— Que se passe-t-il ? demanda Sam.

— Elle s'est endormie, répondit Natacha.

Sam caressa tendrement le bout piquant de l'abdomen de Natacha et se rejeta en arrière sur le canapé. Elle avala discrètement. Sam tira vers lui l'attaché-case posé par terre, l'ouvrit, et en sortit un petit flacon dans lequel il cracha un peu de sang, avant de le refermer et de le remettre à sa place. L'ensemble de l'opération ne prit que quelques secondes.

— Tu sais, Natacha, dit-il. Je crois que nous autres, les insectes, ne vivons que pour de tels moments.

Elle posa son visage, tout pâle, sur le ventre foncé et gonflé de Sam, et ferma les yeux tandis que des larmes rapides glissaient sur ses joues.

— Qu'est-ce que tu as, chérie ? demanda Sam tendrement.

— Il y a que tu vas partir et que je vais rester ici. Sais-tu ce qui m'attend ? Sais-tu comment je vis ?

— Comment ? demanda-t-il.

— Regarde.

Natacha lui montrait une cicatrice ovale sur son épaule, comme la marque grossie plusieurs fois d'un vaccin contre la varicelle.

— Qu'est-ce que c'est ? demanda Sam.

— Ça, c'est le DDT. Et sur ma jambe, j'ai une autre cicatrice, à cause du formol.

— Quelqu'un a-t-il voulu t'assassiner ?

— Mais c'est nous tous qu'on veut assassiner. Nous tous qui vivons ici.

— Qui le veut ?

En guise de réponse, Natacha sanglota.

— Mais voyons… Il y a les droits des insectes, objecta Sam.

— Quels droits ? demanda Natacha en faisant, de la patte, un geste désespéré. Sais-tu ce qu'est le cyanamide calcique ? Deux cents grammes pour une étable ? Ou bien lorsqu'on pulvérise de la couperose verte dans un entrepôt de fumier clos et qu'il est trop tard pour s'envoler ? C'est de cette manière que deux de mes copines sont mortes. Et la troisième, Machenka, a été aspergée à mort lors d'un chaulage par hélicoptère. Elle apprenait le français, la petite imbécile... Les droits des insectes, mon œil ! Et as-tu entendu parler du mélange d'acide sulfurique et de phénol ? Une part d'acide sulfurique pur pour trois parts de phénol cru, voilà nos droits. Personne n'a jamais eu de droits quelconques, ici, et n'en aura jamais. Simplement, ceux-là, ajouta-t-elle en pointant le doigt vers le plafond, ont besoin de devises pour acheter des raquettes de tennis et des collants pour leurs femmes. Sam, j'ai peur de vivre ici, comprends-tu ?

Sam caressa la tête de Natacha. Ses yeux se posèrent sur le frigo décoré de l'affiche et il se souvint de Stallone, déshabillé par les circonstances jusqu'au mini maillot de bain. Il se trouvait au bord d'un fleuve vietnamien jaunâtre, à côté d'une femme en armes, aux yeux bridés. « Vas-tu m'emmener avec toi ? » demanda-t-elle.

— Vas-tu m'emmener avec toi ? demanda Natacha.

Rambo réfléchit une seconde. « Je t'emmènerai », décida-t-il.

Sam réfléchit une seconde.

— Vois-tu, Natacha..., commença-t-il avant d'éternuer soudain d'une manière assourdissante.

Quelque chose d'énorme remua derrière le paravent. On entendit un soupir et la voix monotone reprit la lecture :

En refermant Le Destin d'un tambour, *nous savons ce que chuchotait au petit Gaïdar armé la voix chaleureuse et tendre qu'il avait décrite. Mais pourquoi ce jeune tireur, que même le commandant rouge punissait pour sa cruauté, nous a-t-il laissé, devenu adulte, des descriptions de l'enfance aussi charmantes et irréprochables ? Les deux choses seraient-elles liées ? En quoi consiste le véritable destin du tambour ? Et qui est-il, en réalité ? Le moment est venu de répondre à cette question. L'un des innombrables insectes qui habitent les étendues de notre immense pays est le fourmi-lion. Au début de sa vie, c'est un être répugnant, comme un scorpion sans queue, qui vit au fond d'un entonnoir de sable et dévore les fourmis qui tombent dans son piège. Puis, en une ou deux semaines, le monstre aux mandibules horribles se métamorphose, dans un cocon soyeux, en une libellule d'une beauté étonnante, avec quatre larges ailes et un abdomen verdâtre et étroit. Et lorsqu'elle vole vers le soleil écarlate du soir, ce qui lui était impensable au fond de son trou, elle ne se souvient probablement plus des fourmis naguère dévorées. Mais peut-être les revoit-elle parfois, dans ses rêves ? Mais est-ce bien elle qui les a tuées ?*

Commandant E. Formikov. Le printemps de notre inquiétude. Reportage sur les manœuvres de la flottille des brise-glace de débarquement à Magadan...

11

Le puits

Les brins d'herbe se pliaient sous leur propre poids, en formant une succession de portes, par-dessus lesquelles les colonnes marron clair d'arbres énormes s'élevaient vers le ciel vert nocturne, formé par leurs couronnes confondues. Mitia volait entre les troncs en changeant continuellement de direction, et, à chacun de ses virages, de nouvelles perspectives d'arcs de triomphe ondulants s'ouvraient devant lui, tous différents les uns des autres et apparemment érigés en l'honneur de ses nombreux exploits. Malheureusement, la nature de ces exploits changeait également en permanence, à cause du vent qui remuait l'herbe et rendait sa grandeur d'une inconstance extrême. Les tiges pliées par la brise luisaient dans l'obscurité, à moins que chaque brin n'arrachât de la lumière à l'air, au gré de ses mouvements.

En bas, la vie se poursuivait en remuements monotones : des myriades d'insectes multicolores rampaient sur le sol, chacun poussant devant lui une boule de fumier. Certains ouvraient les ailes et tentaient de s'envoler, mais peu nombreux étaient ceux qui y réussissaient, et même ceux-là tombaient presque aussitôt par terre, sous le poids de la boule. La plupart des insectes se dirigeaient vers une clairière inondée de lumière qui apparaissait parfois au gré de l'ondulation des tiges. Mitia vola dans la même direction et se retrouva bientôt devant l'énorme souche d'un arbre méridional inconnu. Elle était complètement pourrie, mais luisait dans l'obscurité. Sous ses yeux, toute la clairière était couverte d'un tapis bariolé d'insectes. Ils étaient comme ensorcelés, et regardaient la souche. Les ondes charismatiques qui en émanaient la transformaient en une source indiscutable et unique de sens et de lumière dans l'univers. Mitia comprit intuitivement que ces ondes étaient simplement l'attention reflétée de tous ceux qui étaient réunis dans la clairière.

Il se rapprocha et distingua un cordon d'insectes qui se tenaient sur le périmètre de la souche, face à la foule. Ils étaient très divers. Il distingua parmi eux de très beaux gendarmes aux carapaces de chitine ornées de mosaïques, des criquets pèlerins noirâtres, aux pattes pieusement pliées, des guêpes, des scarabées brillants, ainsi que plusieurs libellules et papillons aux ailes multicolores. Derrière eux, quelques araignées grises, à la mine sévère, ne faisaient aucun effort pour être vues par la foule. Ce qui se passait au cœur de la souche n'était pas visible et cela créait une atmosphère de mystère. C'était comme si un insecte redoutable et puissant y siégeait. Un insecte si puissant que personne n'avait le droit de le voir et chacun ne pouvait qu'espérer qu'il fût bon au fond de son âme. Les insectes installés autour de la souche battaient légèrement une sorte de mesure avec leurs pattes, et la foule énorme rassemblée devant eux s'agitait au même rythme, comme à l'écoute d'une musique muette. Chacun bougeait exactement à l'unisson et d'une manière si précise qu'un observateur pouvait avoir l'impression d'entendre le motif insonore d'une mélodie jouée sur un orgue lointain, et qui aurait été majestueuse si un « oump-oump » incompréhensible ne l'avait interrompue régulièrement. Mais il suffisait de cesser de regarder la souche et la foule pour comprendre aussitôt que, en fait, le silence régnait.

Mitia prit de la hauteur et survola la souche. Il était en mesure de voir ce qui se trouvait en son centre, et cette possibilité le mit mal à l'aise, surtout lorsqu'il pensa à l'aura mystérieuse de l'endroit et aux révélations publiées dans les journaux vendus par les fourmis dans les couloirs sombres et profonds du métro qu'elles creusent. Il se décida enfin à baisser son regard et tressaillit.

Au centre de la souche se trouvait une flaque où flottaient, comme des cornichons, quelques morceaux de bois pourri. Plus exactement, elle n'avait plus de centre, car elle était tellement pourrie qu'il n'en restait que l'écorce remplie à ras bord d'eau putride.

Mitia imagina ce qui se passerait lorsque l'écorce craquerait et que l'eau se déverserait sur le tapis vivant qui remuait tout autour, et il eut peur. À ce moment, il remarqua que la lumière qui émanait de la souche clignotait bizarrement, comme si quelqu'un l'éteignait et la rallumait à une vitesse effrayante, en arrachant à l'obscurité une foule immobile de minuscules insectes de plâtre, presque identique à celle de la seconde précédente, et pourtant légèrement différente.

En bas, ceux qui se précipitaient vers la souche rampaient en un flot ininterrompu, comprimant les premiers arrivés et les piétinant même, comme si un tapis vivant bariolé était tiré vers le centre de la clairière et s'enroulait sur lui-même. Certains insectes sautaient sur la souche, mais la plupart tombaient par terre, sous les pattes, les cornes et les pinces des nouveaux arrivants. Ceux qui parvenaient néanmoins à grimper sur la moquette de lichens du bord s'y installaient lestement, en se tournant de manière à ne voir en aucune façon ce qui se trouvait au centre, et se mettaient eux aussi à battre la mesure, en renouvelant la mélodie inventée par on ne savait qui ni quand.

Mitia s'envola. Il n'avait personne à qui raconter que le monde ne se résumait pas à la souche et à tous ceux qui s'y rassemblaient, et cela le rendait triste. Mais ce qui le rendait encore plus triste, c'était qu'il n'en était vraiment pas sûr lui-même. Parvenu au bord de la clairière, il aperçut une lumière diffuse en provenance soit de l'herbe, soit du vent qui s'y frottait, et se souvint de tout ce qu'il avait vécu avant d'arriver jusque-là. Cela eut pour effet de le calmer. Des arcs de triomphe de tiges penchées s'ouvrirent de nouveau devant lui, et plus il s'éloignait de la clairière, et moins il voyait d'insectes s'y précipiter. Bientôt, il n'y en eut plus. En revanche, des fleurs se mirent à apparaître, comme des terrains d'atterrissage de formes et de couleurs inhabituelles, mais elles exhalaient une odeur tellement enivrante que Mitia préféra les admirer à distance, d'autant plus que des abeilles s'éloignaient là du monde grouillant et Mitia ne voulait pas déranger leur solitude.

Un feu rouge apparut furtivement dans l'herbe, et Mitia se tourna automatiquement vers lui. Lorsqu'il fut suffisamment près pour être totalement environné par la faible clarté rougeâtre, il se mit à voler en tapinois, faisant du surplace pendant longtemps derrière les brins les plus larges et en se permettant, de temps en temps, des déplacements rapides de l'un à l'autre. Après quelques manœuvres similaires, il parvint en catimini à proximité de deux coléoptères rouges, très bizarres, et qui ne ressemblaient à personne. Ils avaient de grosses saillies jaunes sur la tête, comme des chapeaux de paille à large bord, et le bas de leur abdomen était couleur kaki. Ils étaient absolument immobiles et regardaient au loin d'un air pensif en se balançant légèrement, au gré des courants d'air, sur la tige où ils étaient installés.

– Je pense, dit l'un des coléoptères, qu'il n'y a rien de plus élevé que notre solitude.

– Mis à part les eucalyptus, dit le second.

– Et les platanes, ajouta le premier, après un moment de réflexion.

– Et encore l'arbre à chicle qui pousse dans la partie sud-est du Yucatán.

– Sans aucun doute, acquiesça le premier, mais cette souche pourrie dans la clairière voisine n'est certainement pas plus élevée que notre solitude.

– C'est exact, confirma le second.

Les coléoptères rouges fixèrent de nouveau l'horizon, l'air pensif.

– Qu'y a-t-il de nouveau dans tes rêves ? demanda le premier au bout de quelques minutes.

– Bien des choses. Aujourd'hui, par exemple, j'ai remarqué un monde lointain et très bizarre, d'où quelqu'un nous a également aperçus.

– Vraiment ?

– Oui, répondit le second. Mais celui qui nous a vus nous a pris pour deux lampes rouges au sommet de la montagne qui se trouve près de la mer.

– Et que faisions-nous dans ton rêve ?

Le second entretint une pause dramatique.

– Nous luisions, expliqua-t-il avec la solennité d'un Indien, jusqu'à ce qu'on coupe l'électricité.

– Oui, reconnut le premier, notre âme est réellement irréprochable.

– En effet, répliqua l'autre. Mais le plus intéressant,

c'est que celui qui nous a remarqués a volé jusqu'ici et se cache maintenant derrière la tige voisine.

– Ah bon ? s'étonna le premier.
– Bien sûr. Mais tu le sais toi-même.
– Et qu'a-t-il l'intention de faire ?
– Il veut sauter dans le puits numéro un.
– Très intéressant. Et pourquoi le puits numéro un ? Il pourrait tout aussi bien sauter dans le numéro trois.
– Oui, confirma le second, ou dans le numéro neuf.
– Ou dans le numéro quatorze.
– Mais le mieux, c'est de sauter dans le puits numéro quarante-huit.

Mitia se pressait contre la tige en écoutant l'hyperinflation des chiffres à quelques mètres de lui, lorsqu'une main se posa sur son épaule et le secoua fort.

Il tourna la tête et vit que Dima était penché sur lui. Il constata qu'il ne se trouvait pas dans la forêt d'herbe, mais toujours au sommet de la montagne, sous le mât aux lanternes rouges (maintenant éteintes). Les deux chaises pliantes étaient toujours là, mais il était étendu sous un buisson.

– Lève-toi, dit Dima. Nous n'avons que peu de temps.

Mitia se leva et secoua la tête en tentant de se souvenir de son rêve, mais celui-ci s'était dissipé, ne lui laissant qu'une réminiscence diffuse. Dima s'engagea le long d'un sentier étroit qui l'éloignait du mât aux deux lampes rouges. Mitia se traîna derrière lui, en bâillant encore, mais après quelques dizaines de mètres, lorsque le sentier se transforma en une étroite corniche sous laquelle il n'y avait qu'un dénivelé de cent mètres et la mer, les restes de sommeil l'abandonnèrent définitivement. Le chemin plongea dans une fente entre les rochers, passa sous un arc de pierre bas (là, Mitia eut un souvenir vague, lié au rêve) et sortit dans une petite gorge couverte de buissons sombres. Mitia arracha à un prunellier quelques baies sombres, les jeta dans sa bouche et les recracha aussitôt en apercevant un crâne blanc éclatant sous les buissons. Le crâne ressemblait à celui d'un chien, mais en plus petit et plus fin.

– Là-bas, fit Dima, en montrant les buissons.
– Quoi ? dit Mitia.
– Le puits.
– Quel puits ?
– Le puits où tu dois descendre.
– Pour quoi faire ?
– C'est la seule entrée et la seule sortie, précisa Dima.
– D'où ?
– Pour répondre à cette question, fit Dima, il faut y aller. Tu verras toi-même.
– Mais qu'est-ce que c'est ?
– À mon avis, rétorqua Dima, un peu exaspéré, tu sais toi-même ce qu'est un puits.
– Je sais. C'est un instrument pour faire monter l'eau.
– Et encore ? Tu te souviens de ce que tu disais au sujet des villes et du puits ? Les villes changent, mais le puits reste le même.
– Je m'en souviens. Le quarante-huitième hexagramme, répondit Mitia, en pensant de nouveau que ce qu'il vivait ressemblait à son rêve. Il s'appelle même comme ça : le puits. « On change les villes, mais on ne change pas le puits. Tu ne perdras rien, mais n'acquerras rien. Tu t'en iras et tu viendras, mais le puits restera le puits... Si tu atteins presque l'eau, la corde sera insuffisante, et si tu casses le seau, il y aura un malheur ! »
– D'où ça vient ? demanda Dima.
– Du *Yi-king*, le Livre des mutations.
– Tu le connais par cœur ?

– Non, reconnut Mitia avec un certain mécontentement. Simplement, je suis tombé cinq fois sur cet hexagramme.

– C'est intéressant. Et de quoi parle-t-il ?

– D'un puits. Il existe un puits que l'on peut utiliser. Ou, plus exactement, que l'on ne peut pas utiliser au début, car, dans la première position, il n'y a pas d'eau, dans la deuxième, on ne peut pas la puiser et, dans la troisième, il n'y a personne pour la boire. Puis tout devient normal, si je ne me trompe pas. En gros, le sens, c'est que nous portons en nous la source de tout ce qui peut être, mais elle n'est pas accessible dans les trois premières positions qui symbolisent des niveaux de développement insuffisamment élevés. En général, on arrive à cet hexagramme à partir de l'hexagramme « l'épuisement », dont la cinquième position…

– Ne te fatigue pas, l'interrompit Dima. Te souviens-tu de la chanson que nous avons entendue sur le quai ? Comment se trouver soi-même ? Celle qui la chantait ne comprenait absolument pas ce qu'elle chantait. Et c'est pareil pour toi. À cet instant, tu ne comprends pas de quoi tu parles. Et pour comprendre ce que tu viens de dire, tu dois descendre dans le puits.

– Et si je n'y vais pas ?

– Il est impossible que tu n'y ailles pas.

– Pourquoi ?

Dima regarda ses mains. Mitia suivit son regard, contempla les siennes et comprit qu'elles ne luisaient plus dans le noir. Quelques minutes plus tôt, lorsqu'ils s'étaient mis en marche sur le sentier étroit, elles brillaient, moins fort que la veille, mais d'une lumière bleue, pure et bien visible.

– Voilà pourquoi, trancha Dima. Sinon, tout ce que tu as compris va disparaître. Et, dans le meilleur des cas, tu auras le temps d'écrire encore quelques vers idiots dont le sens t'échappera. À condition, bien sûr, qu'il y ait le moindre sens dans ces vers.

Mitia rougit. Il pensa que, heureusement, cela ne se voyait pas dans l'obscurité.

– Je suis parfois frappé par ton aplomb, dit-il. Les poèmes ne doivent pas obligatoirement avoir un sens. Tu ne sais simplement pas ce qu'est le post-modernisme.

– Voilà ce qui me manquait : *savoir* ce que c'est, dit Dima en insistant sur le mot « savoir ».

Il fit faire à Mitia un demi-tour sur lui-même et le poussa légèrement en avant.

Les buissons étaient épais et épineux. Mitia fit quelques pas en se couvrant les yeux avec les doigts, glissa et tomba la tête la première.

Sa chute dura longtemps. Il tentait de s'accrocher aux parois de terre meuble mais, au lieu de toucher le fond, il sombra dans une sorte de rêverie. Le temps se distendit, à moins qu'il ne disparût carrément. Ce qu'il voyait changeait sans changer, en se renouvelant en permanence, et ses doigts se tendaient toujours vers le même morceau de paroi qu'au début de sa chute. Il sentit qu'il observait un phénomène bizarre, qu'il n'avait encore jamais vu, mais qu'en même temps il avait toujours regardé. Il s'efforça de comprendre ce qu'il voyait et fouilla dans sa mémoire pour trouver quelque chose de semblable. La seule chose qui lui vint à l'esprit fut une scène d'un film qu'il avait vu à la télé. Quelques scientifiques en blouses blanches étaient plongés dans une occupation bien étrange : ils découpaient des ronds de carton qui comportaient de petites saillies pour les enfoncer sur un pivot métallique brillant, comme des tickets de caisse dans un magasin. L'empilement de ronds de plus en plus petits finit par former une tête d'homme faite de fines strates de carton et empalée sur le pivot. Les scientifiques l'enduisirent de pâte à modeler bleue, et ce fut la fin du film.

Ce que voyait Mitia ressemblait à ces ronds en carton : le dernier, en haut, était l'effroi causé par la chute dans le puits, l'avant-dernier, immédiatement en dessous, c'était la crainte qu'une branche épineuse lui fouette les yeux. Avant cela, il y avait le regret que le monde vu en rêve, avec les deux coléoptères rouges, disparût si vite. Encore plus tôt, c'était la peur de la chauve-souris, la jouissance du vol par-dessus les rochers inondés de lumière lunaire, la perplexité devant la question incompréhensible de Dima, l'angoisse provoquée par le bruit des dominos sur le quai vide, et surtout par le fait qu'il perçut aussitôt un groupe de joueurs de dominos intérieur, dans sa propre tête, et ainsi de suite. En descendant toujours plus bas, il passait en revue, en une seconde, toute sa vie, traversant tous les sentiments aplatis et durcis qu'il avait éprouvés jusque-là.

Mitia décida, d'abord, qu'il voyait en lui-même, mais il comprit aussitôt que tout ce qui se trouvait dans le puits n'avait, en fait, aucun rapport avec lui. Il n'était pas *le* puits, mais celui qui y tombait tout en restant sur place. Peut-être était-il la pâte à modeler qui cimentait les fines couches de sentiments superposés. Mais le principal n'était pas là. Après avoir traversé les clichés innombrables de sa vie et atteint le point de sa naissance, il se rendit compte qu'il pouvait voir encore plus loin et comprit qu'il regardait l'infini.

Le puits n'avait pas de fond, et il n'y avait jamais eu de début.

Aussitôt, Mitia s'aperçut d'autre chose : tout ce qui se trouvait dans le puits sous le point où il commençait sa vie n'avait rien à voir avec un monde d'outre-tombe, ou d'avant-tombe (*le monde d'avant tombe, c'est pas mal*, pensa-t-il), mystérieux et inconnu. Cela avait toujours été à côté, et même plus près qu'à côté, mais il ne s'en souvenait pas, car cette chose-là était précisément ce qui se souvenait.

— Eh, lui dit une voix lointaine. Sors ! Ça suffit. Ne casse pas le seau.

Il se sentit tiré par la main, puis une branche avec des épines piquantes passa sur son visage, des feuilles noires apparurent devant ses yeux, et Dima fut devant lui.

— On s'en va, décida celui-ci.

— Qu'est-ce que c'était ? demanda-t-il.

— Un puits, répondit Dima comme s'il dévoilait un grand mystère.

— Et je ne tomberai plus dedans ?

Dima s'immobilisa et le regarda avec perplexité.

— Il est impossible de tomber dans un puits où l'on se trouve déjà depuis toute une éternité. Nous ne pouvons qu'essayer d'en sortir.

— Et maintenant, j'en suis sorti ?

— Pas maintenant, tout à l'heure. Là, tu es de nouveau dedans. Et quand tu le voyais, tu en sortais la tête. La vie est organisée d'une façon très étrange. Pour sortir d'un puits, il faut d'abord y tomber.

— Mais pourquoi ?

— Dans chaque puits, tu peux apprendre quelque chose. Les puits contiennent des trésors inestimables. Plus exactement, ils ne contiennent rien, et tu en sors exactement comme avant. Mais ils te permettent de voir ce que tu possèdes toi-même.

Mitia se plongea dans une profonde réflexion et resta silencieux tout au long du chemin.

— Je n'ai remarqué aucun trésor, finit-il par dire

lorsqu'ils se furent retrouvés sous la perche du phare. J'ai seulement entrevu, en un instant, toute ma vie, et même plus.

— Toute la vie, et même plus, comme tu dis, n'existe qu'un instant. L'instant présent, précisément. C'est cela le trésor inestimable que tu as trouvé. Maintenant, tu peux comprimer en un seul moment tout ce que tu veux : ta vie et la vie des autres.

— Mais je ne vois pas ce que j'ai trouvé, Dima.

— Parce que tu as trouvé ce qui voit. Ferme les yeux et regarde.

— Où ?

— Où tu veux.

Mitia ferma les yeux et vit un point bleu lumineux, dans l'obscurité intérieure. (Dans son enfance, il croyait que cette obscurité des paupières fermées, où surgissaient des lignes brillantes et fines, dans une sorte de scintillement, était pré-éternelle.) Le point était immobile, mais, bizarrement, il pouvait le diriger où il voulait.

Mitia entendit la stridulation d'une cigale, dirigea le point bleu sur elle, et se souvint de la soirée lointaine où il s'était mis à voler de ses propres ailes. Cela s'était passé très tôt, aussitôt après son éclosion et sa chute de l'arbre sur la branche duquel il avait commencé son existence.

12

Paradise

Serioja ne se souvenait pas de ses parents. Il avait volé de ses propres ailes très tôt, aussitôt après son éclosion et sa chute de l'arbre sur la branche duquel il avait commencé son existence. Cela s'était passé par un soir d'été sans vent, sur le fond d'un coucher de soleil étonnamment beau, avec l'accompagnement sonore du léger ressac de la mer et de la stridulation polyphonique des cigales, dont il pourrait, un beau jour, faire partie. Mais cette perspective était tellement lointaine qu'il ne s'attarda pas sur cette idée, comprenant que, si jamais il avait la chance d'utiliser son appareil sonore pour chanter, il ne serait plus le même, car les plaques *ad hoc* ne poussaient, chez quelques élus, qu'après un long chemin souterrain de plusieurs années, lorsqu'ils remontaient à la surface et s'installaient sur un arbre pour finir par éclore pour de bon. Il avait la certitude inexplicable que, si cela lui arrivait, ce ne pourrait être que par un soir d'été, aussi calme et aussi chaud.

Serioja se vrilla dans la terre, en s'efforçant de s'habituer à l'idée que c'était sérieux et pour longtemps. Il savait qu'il avait peu de chances de faire son chemin vers l'extérieur, et que seuls pouvaient l'aider le bon sens, la concentration et la capacité à creuser plus loin que ses semblables. La pensée que d'autres se disaient exactement la même chose lui donnait des forces supplémentaires. Mais l'enfance, c'est l'enfance, et il passa ses quelques premières années à examiner, sans objectif précis, les objets qu'il rencontrait dans la terre. Il parvenait à en dégager certains et à les contempler entre ses mains. Les autres, il devait se contenter de les examiner directement dans le sol. Serioja avait une prédilection pour les fenêtres. Il en rencontrait parfois dans ses excavations. Il sentait soudain sous ses doigts leur surface dure et froide qu'il tâtait d'abord prudemment, avant de se mettre à déblayer fébrilement la terre en s'efforçant de deviner ce qu'il allait voir derrière la vitre.

L'expérience de toutes ces années de travail dans la terre argileuse russe (qui, par un beau matin, devint soudain le *tchernoziom* abondant de l'Ukraine) se concentra pour lui dans un souvenir intemporel : il regarde, en se pelotonnant à cause du froid, par la fenêtre qu'il vient de dégager. Derrière elle, il aperçoit un crépuscule d'hiver autour d'un terrain de jeux bien éclairé dont le centre est occupé par un bonhomme de neige, avec des carottes enfoncées dans la tête comme des poils hérissés. Il ressemble à cette statue de la Liberté entrevue dans un magazine déterré non loin de là. Des arabesques de givre couvrent la vitre, évoquant une petite oasis de palmiers qui semblent bouger au rythme de sa respiration. Il est impossible de traverser la fenêtre et il reste longtemps près d'elle, en soupirant à cause de cette chose incompréhensible, avant de continuer à avancer tout en conservant ce rêve non déchiffré au fond du cœur.

Au moment où il commença à se demander s'il faisait tout comme il le fallait, sa vie devint une routine d'événements interchangeables qui se succédèrent de manière monotone.

Devant lui, directement devant sa tête-poitrine et ses pattes excavatrices, se trouvait un cercle de terre sombre et dure. Dans son dos s'ouvrait le tunnel déjà creusé, mais Serioja ne regardait jamais en arrière et ne comptait pas combien il avait fait de mètres ou même de kilomètres. Il savait que d'autres insectes, les fourmis, par exemple, se contentaient de trous assez courts, alors que lui, avec ses pattes en forme de pelle, pouvait accomplir en quelques heures le travail de toute leur vie. Mais il ne s'amusait jamais à faire de telles comparaisons. Il savait qu'il suffisait de s'y livrer pour avoir l'illusion d'avoir suffisamment avancé, ce qui ferait disparaître le sentiment d'être cruellement offensé par la vie, indispensable pour la lutte ultérieure.

Les étapes de sa progression n'existaient pas sous une forme palpable : il s'agissait de rencontres et d'événements que chaque jour nouveau lui apportait. Tous les matins, après son réveil, il recommençait à creuser son tunnel, écartant la terre avec ses puissantes pattes de devant et la rejetant derrière lui avec ses postérieures. Il lui suffisait de quelques minutes pour voir apparaître le petit déjeuner parmi les mottes grises et brunes détachées du sol : de fines pousses de racines dont Serioja suçait le jus en lisant un quelconque journal qu'il déterrait habituellement avec la nourriture. Quelques centimètres plus loin, la porte du travail apparaissait. L'espace entre elle et le petit déjeuner était si mince que la terre tombait parfois sans aucun effort de sa part. Serioja ne parvenait pas très bien à comprendre comment il pouvait creuser en permanence dans la même direction et tomber chaque matin sur la porte du travail, mais il savait parfaitement, en revanche, que de telles réflexions ne menaient nulle part, et il préférait éviter de se pencher sur cette question.

Derrière la porte, il trouvait des collègues mollasses, maculés de terre. Il fallait passer à côté d'eux avec prudence, en leur dissimulant le fait qu'il se frayait un passage. Sans doute faisaient-ils tous la même chose, mais si tel était le cas, ils agissaient dans le plus grand secret. Serioja balayait la terre de sa planche à dessin, nettoyait un peu la fenêtre derrière laquelle des tuyaux s'élevaient verticalement et se remettait à creuser tranquillement vers le déjeuner. Celui-ci ne différait guère du petit déjeuner, seulement la terre autour était un peu différente, un peu plus meuble, et les visages de ses collègues qui mâchaient lentement leur nourriture étaient clairement visibles. Cela ne l'irritait guère car ils fermaient tout le temps les yeux.

Le déjeuner était pratiquement le point culminant du jour. Après cela, il fallait commencer à creuser la route vers la maison, et le travail dans cette direction avançait toujours rapidement. Au bout de quelque temps, Serioja déterrait la porte de son appartement, déblayait lentement l'argile devant la télé, et deux ou trois heures plus tard, à moitié endormi, se frayait un chemin jusqu'au lit.

En se réveillant, il se tournait vers le mur et l'examinait quelques minutes, en tentant de se souvenir du rêve qu'il venait de faire, puis, en quelques coups de pattes rapides perçait directement dans la salle de bains. Les jours passaient ainsi identiques. Naturellement, les samedis et les dimanches, dans son mouvement en avant, Serioja ne se heurtait pas contre la porte du travail. Les jours fériés, il lui arrivait de déterrer une ou deux bouteilles de vodka. Il fallait alors creuser la terre un peu de côté : il parvenait presque toujours à dégager la tête et l'abdomen de l'un de ses amis, pour boire ensemble et parler de la vie. Serioja savait pertinemment que la plupart de ses amis ne creusaient pas de tunnel, mais il les retrouvait cependant sur son chemin avec une monotonie accablante. Il est vrai que, parfois, la terre lui réservait des surprises agréables, comme la partie basse d'un corps féminin (Serioja ne les déterrait jamais au-dessus des reins, en pensant que cela pouvait lui causer de gros ennuis, par la suite), ou quelques boîtes de bière pour lesquelles il se permettait une petite pause. Mais il passait au travail l'essentiel de son chemin.

Pour expliquer le fait bizarre que son mouvement en avant, vérifié avec une boussole, le faisait passer régulièrement à travers des couches de terre parsemées d'identiques tables à dessin, des mêmes collègues et des mêmes vues par les fenêtres, Serioja pensait à un train qui avance toujours sur de nouvelles traverses qu'il est impossible de distinguer des précédentes.

En fait, il y, avait certaines différences. Parfois, le bureau à travers lequel il faisait sa percée journalière (Serioja se prenait pour un vrai fonceur) changeait : les tables à dessin étaient disposées différemment, la couleur des murs n'était pas la même, quelqu'un apparaissait ou, au contraire, disparaissait pour toujours. Il y avait néanmoins des persistances : lorsqu'il quittait un bureau où la bouilloire électrique avait grillé (ses collègues aimaient boire du thé), alors dans les bureaux à travers lesquels il se creusait un passage, les jours suivants, la bouilloire était également en panne, jusqu'à ce qu'il parvienne à un endroit où quelqu'un en apportait une neuve.

Le travail n'était pas compliqué : il s'agissait de reporter de vieux calques sur du papier Whatman.

Quelques collègues avaient la même activité. Généralement, le matin, ils amorçaient une longue conversation, sans hâte, à laquelle il était impossible de ne pas participer. Ils parlaient, comme de bien entendu, de tout et de rien, mais le cercle de leurs sujets était très étroit et Serioja remarquait qu'à chaque jour qui passait il restait en lui de moins en moins de ce qu'il avait été au début, lors de cette soirée où il s'était assis pour la première fois sur une branche et avait entendu la stridulation des cigales qui avaient réussi à percer.

Le contact inévitable avec ses collègues avait d'ailleurs sur lui une influence assez néfaste. Sa manière de ramper se mit à changer : il poussait très fort la terre avec sa tête et, parfois, s'aidait de la gueule en creusant l'escalier particulièrement raide de la cantine. En même temps, il commença peu à peu à avoir une perception différente de la vie, et à la place de l'ancien désir de percer son tunnel le plus loin possible, il se mit à ressentir la responsabilité de son destin. Une fois, il était installé à sa planche à dessin, lorsqu'il se vit nettoyer un crayon avec ses deux mains et, en même temps, fouiller dans un tiroir à l'aide de quelque chose qu'il ne possédait pas auparavant. Il crut d'abord qu'il devenait fou, puis, en regardant attentivement ses collègues, il s'aperçut qu'ils avaient sur les côtés des pattes brunâtres et translucides, à peine visibles, qu'ils utilisaient habilement. Lui aussi avait les mêmes, mais il ne s'en était tout simplement jamais servi. Il apprit à les voir et à les utiliser. Au début, elles étaient faibles, mais elles se renforcèrent avec le temps et Serioja finit par leur confier tout le boulot, ne se servant plus de ses mains que pour creuser le tunnel qui, chaque jour, passait par le travail. Là, les visages familiers jusqu'au dernier trait le regardaient en saillant des parois de terre molle. Ils avaient tous une chose en commun : ils étaient tous décorés d'une moustache. Serioja n'y prêtait pas beaucoup d'attention, mais il décida de se laisser pousser la moustache, lui aussi.

Au bout d'un mois, lorsque son ornement capillaire fut suffisamment développé, il remarqua que sa vie devenait plus riche et ses collègues étonnamment plus sympathiques, avec des intérêts très divers. Ce fut précisément la moustache qui l'aida à le comprendre. Le moindre de ses mouvements lui permettait de percevoir la réalité sous un angle précédemment inconnu. Il s'assura que l'on pouvait non seulement observer la vie, mais aussi la palper avec la moustache, comme le faisait tout le monde autour de lui. Elle devenait alors si captivante qu'il n'était plus besoin de creuser plus loin. Il commença à se soucier des autres, mais ce qui l'intéressait encore plus, c'était de savoir ce que ceux-ci pensaient de lui. Un jour, lors d'une soirée entre amis, après une journée de travail, il entendit :

– Tu es enfin devenu l'un des nôtres, Serioja.

La tête qui prononça ces paroles sortait à peine de la paroi de terre. Les autres têtes fermèrent les yeux et se mirent à bouger les moustaches, comme si elles tâtaient Serioja afin de vérifier s'il était réellement des leurs. À en juger par leurs sourires, ils semblaient satisfaits du résultat.

– Et que suis-je devenu ? demanda Serioja.

– Allons ! s'esclaffèrent les têtes, comme si tu ne le savais pas !

– Vraiment, insista Serioja, répondez-moi.

– Mais, un cafard, et quoi d'autre ?

Ces paroles lui firent l'effet d'une douche froide. Il se jeta vers l'issue du tunnel où était accroché le calendrier avec le portrait de Nikitaï II (Serioja l'avait installé lui-même lorsqu'il avait décidé qu'il avait assez creusé), et se mit à rejeter fébrilement la terre avec ses pattes, sous les ricanements et les cris des moustachus. Il parvint à la porte de la salle de bains et se déblaya vite un passage vers le miroir. Il ne perdit pas de temps à contempler la tête brune, triangulaire et moustachue, et se saisit du rasoir. La moustache tomba avec un craquement et Serioja reconnut son propre visage, mais adulte, avec des rides visibles près des yeux. *Combien de temps suis-je resté un cafard ?* pensa-t-il avec horreur en se souvenant de la promesse qu'il s'était faite, dans son enfance, de se creuser à tout prix un passage vers le monde extérieur.

Il déblaya son lit, tomba sur les draps froids et s'endormit. Le lendemain matin, il déterra le téléphone et appela Gricha, un copain de la même ponte avec qui il avait perdu le contact. Pendant quelques instants, ils évoquèrent cette lointaine soirée d'été où ils étaient tombés de la branche. Puis, Serioja lui demanda tout de go comment vivre.

– Déterre un maximum de ronds, lui répondit son copain, et tu verras toi-même.

Ils convinrent de se revoir un jour et prirent congé. En raccrochant, Serioja décida fermement de changer de trajet et de mettre à profit le conseil de Gricha. Après le petit déjeuner, il se mit à creuser, non pas en avant, mais à droite ; il remarqua bientôt, avec soulagement, qu'aucune porte du travail ne s'ouvrait devant lui. À la place, il découvrit un casque allemand troué, quelques douilles écrasées et la photocopie d'un ancien livre mystique qu'il étudia pendant quelques heures. Serioja n'avait encore jamais lu un tel galimatias : l'ouvrage prétendait que non seulement il rampait à l'intérieur d'un tunnel souterrain, mais qu'en même temps il poussait devant lui une boule de fumier à l'intérieur de laquelle il creusait en réalité ce tunnel. Après cela, pendant quelque temps, Serioja ne rencontra plus aucun objet, à part quelques racines qu'il mangea. Puis sa patte heurta un objet dur.

Il dispersa l'argile jaunâtre pour se retrouver devant le bout noir d'une botte de milicien. Il comprit aussitôt de quoi il s'agissait, la recouvrit rapidement de terre et obliqua vers la gauche pour s'éloigner de l'endroit le plus vite possible. Il tomba encore à plusieurs reprises sur des parties de l'équipement de la milice : des matraques, des émetteurs-radio, des casquettes posées sur des têtes aux cheveux ras. Il eut la chance de rencontrer, chaque fois, des nuques, ce qui signifiait que les flics ne le voyaient pas. Au bout de quelque temps, il commença à trouver des ronds. D'abord des billets solitaires, puis des liasses entières. En général, elles se trouvaient à proximité des matraques et des bottes des miliciens.

Serioja entreprit de fouiller soigneusement, comme un archéologue, autour des accessoires de la milice qu'il découvrait, et il repartait rarement sans quelques liasses humides et lourdes, liées en croix par une bande de papier. Il oublia peu à peu la prudence, et, un jour, d'un mouvement de main mécanique, il rejeta une pelletée de terre qui dévoila le visage rond d'un milicien, un sifflet à la bouche. Le flic le regarda d'un air furibard et gonfla les joues pour souffler, mais Serioja eut la présence d'esprit de lui arracher l'instrument avant qu'un sifflement strident ne retentît et de lui fourrer, d'un même mouvement, une liasse de billets entre les dents. Le visage ferma les yeux et Serioja, revenant lentement à lui après cette frayeur, se mit à creuser plus loin. Bientôt, ses doigts palpèrent un objet qui lui rappela, au toucher, la botte ordinaire d'un milicien. Il continua prudemment à déblayer la terre jusqu'à découvrir le mot « Reebok ». Il poursuivit son travail vers le haut et tomba bientôt sur le visage souriant de Gricha.

– Comme on se rencontre ! fit le nouveau venu.

Les ronds que Serioja avait déterrés sur son conseil ne lui firent aucune impression. Au contraire, il lui montra quelques coupures vertes.

– Achète de l'argent avec tes ronds avant qu'il ne soit trop tard. Et remets-toi fissa à creuser pour décamper d'ici le plus vite possible.

Serioja comprenait très bien qu'en creusant on décampait forcément de l'endroit où l'on se trouvait, mais il prit acte des paroles de Gricha et retint fermement que, pour pouvoir décamper pour de bon, il fallait d'abord déterrer une quelconque invitation.

Comme avant, il rencontrait régulièrement sur son chemin la porte menant à la maison, mais au lieu de celle du travail, il commença à mettre au jour des magazines américains. Il entreprit d'apprendre l'anglais. Il parlait en cette langue avec des visages qui apparaissaient parfois sur les parois, lui souriaient amicalement et lui promettaient leur aide. Et un jour, en creusant un long filon de sable qu'il exploitait depuis un mois, il tomba sur un papier blanc plié en quatre. Il comprit aussitôt que c'était l'invitation.

Serioja ne savait pas ce qu'il fallait en faire et décida de rester dans le filon de sable. Pendant quelques jours, il ne trouva rien d'intéressant, puis il aboutit devant un mur de pierre orné d'une plaque qui indiquait : « OVIR[1] ». Après cela, les objets se mirent à lui tomber

---

1. Service des visas et de l'enregistrement : département chargé de la délivrance des passeports extérieurs et, à l'époque soviétique, des visas de sortie du territoire de l'URSS.

sous la main à une vitesse stupéfiante. Il n'avait même pas le temps de comprendre ce qu'il déterrait et à qui il donnait des pots-de-vin. À la fin, il remarqua qu'il n'avait plus de sac gonflé de ronds, mais possédait, en revanche, quelques billets verts ornés du portrait d'un gros bedon chauve bien vénérable.

Le filon de sable se termina, le sol se fit rocailleux, et il devint beaucoup plus dur de creuser. Serioja garda surtout le souvenir des blocs de béton devant l'ambassade américaine. Ils étaient de telles dimensions qu'il lui fallait soit se frayer un chemin sous eux, ce qui était dangereux, car un bloc pouvait toujours s'effondrer et l'écraser, soit les contourner, ce qui allongeait considérablement le parcours. Il choisit la seconde solution, après quoi, pour rattraper le temps perdu, il rampa rapidement à travers l'ambassade, puis déterra la passerelle d'accès à un avion. Il se perça un passage jusqu'à sa place et dégagea le hublot rectangulaire par lequel il observa toute la journée les nuages et l'océan.

Lorsqu'il se retrouva face à une couche de terre rouge, molle et humide, il resta un long moment immobile et incertain avant de se décider à tendre en avant ses pattes calleuses et fatiguées, mais encore fortes. Sa première trouvaille dans les strates du nouveau sol fut une négresse âgée, dans une cabine du contrôle des douanes, qui lui demanda avec dégoût s'il avait un billet de retour. Ensuite, une porte d'autobus se profila. Derrière elle, Serioja déterra un bout de pomme et un plan froissé de New York.

Une vie nouvelle commença. Pendant longtemps, Serioja ne trouva que des boîtes de conserve vides, des morceaux rassis de pizza et des vieux *Reader's Digest*, mais il était prêt à travailler obstinément sans attendre la manne tombée d'un ciel d'autant plus improbable qu'il n'avait pas réellement l'occasion de le voir. Avec le temps, il commença à déterrer de l'argent. Certes, pas autant que les ronds, naguère, et surtout pas en liasses, mais il ne se décourageait pas. D'énormes sacs-poubelle saillaient souvent des parois du tunnel, et des mains noires lui proposaient de petits sachets de cocaïne ou des invitations pour des conférences religieuses, mais Serioja s'efforçait de ne pas y prêter attention, de sourire encore plus et d'être optimiste.

Peu à peu, les poubelles se firent plus rares, et, par un matin calme, en creusant avec peine un passage entre les racines d'un vieux tilleul, Serioja découvrit une petite carte verte. Cela se produisit le lendemain du jour où il apprit le deuxième mot américain le plus important : « Oo-oops » (le premier, « bla-bla-bla » lui avait été révélé en secret par Gricha). Il comprit qu'il pourrait désormais trouver du travail et, en effet, quelques jours plus tard, après le petit déjeuner, il déterra un panneau métallique où était allumé le mot « work ». Il en déglutit d'émotion. Son nouveau job était très semblable à l'ancien. Les seules différences étaient que la planche à dessin était penchée et que les visages des collègues qui apparaissaient sur les murs parlaient en anglais. Il creusa avec un sourire énergique du déjeuner jusqu'au panneau « don't work » (il avait depuis longtemps fait l'amalgame entre l'espace et le temps) qui marquait la fin de la journée de travail.

Le passage du temps dans son tunnel fut désormais balisé par la rencontre des panneaux « work » et « don't work ». Il se heurtait régulièrement contre les mêmes poignées brillantes de porte, des marches d'escalier et des objets quotidiens comme le conditionneur d'air (dont le bourdonnement omniprésent lui rappelait un peu le hurlement de la tempête à Moscou), des appareils électroniques japonais, des poêles et des casseroles. Il en arrivait à la conclusion qu'il vivait désormais dans son propre appartement.

Le travail n'était guère compliqué : il transformait de vieux calques en codes d'ordinateur. Quelques collègues faisaient la même chose et, dès le matin, ils entamaient, sans hâte, une longue conversation à laquelle Serioja prit graduellement l'habitude de participer. Ces contacts lui étaient certainement très bénéfiques. Il prit de l'assurance, et il remarqua bientôt qu'il utilisait de nouveau les pattes brunes translucides dont il avait oublié l'existence depuis son précédent travail. Il se laissa à nouveau pousser la moustache (elle était devenue poivre et sel), non pas pour se confondre avec ses collègues, qui, pour la plupart, portaient aussi la moustache, mais, au contraire, pour donner à son image cet aspect d'individualité unique qu'ils possédaient tous.

Les années passèrent, marquées par les alternances de « work » et de « don't work ». Pendant ce temps, Serioja parvint à déterrer quelques objets utiles : une voiture, un énorme téléviseur et même une cuvette de toilettes équipée d'une chasse d'eau commandée à distance. Parfois, dans la journée, il lui arrivait de déblayer la fenêtre de son bureau pour tendre le bras à l'extérieur, avec la télécommande, et appuyer sur le bouton noir qui portait l'image d'une cascade. Une fois, il pressa par erreur sur le bouton *reset* et se vit obligé de laver pendant trois jours le sol, le plafond et les murs. Cela lui occasionna également une discussion désagréable avec un gars trapu qui se présenta comme son *landlord*. Après cela, il commença à percevoir son appartement comme un être vivant, d'autant plus qu'il s'appelait « Van Bedrum[1] », ce qui lui rappelait toujours un peintre hollandais. Il se mit également à lire attentivement les notices d'utilisation.

Parfois, il déterrait une laisse de chien, ce qui l'amenait à penser qu'il se promenait avec un chien. Il ne déterrait jamais le chien lui-même, mais une fois, poussé par un article du magazine *Health Week*, il l'emmena chez un psychanalyste vétérinaire. Pendant un bon moment, le thérapeute échangea des aboiements avec le chien qui se trouvait, invisible, derrière une fine couche de terre, puis donna ses conclusions. Ce que Serioja entendit le poussa immédiatement à attacher la laisse au pare-chocs d'un camion d'un autre État, à regarder discrètement autour de lui (il n'y avait personne, naturellement) et à décamper le plus vite possible.

Pendant le week-end, il creusait jusqu'au bac pour le New Jersey, déblayait un guichet où l'on vendait des tickets et, se souvenant de son enfance, regardait longuement par la vitre la lointaine statue de la Liberté, toute blanche. Les rayons du soleil couchant coloraient sa couronne d'une teinte carotte et elle ressemblait à une énorme Snegourotchka[2] âgée.

Il se trouva une femme qu'il déterra entièrement pour lui faire part, de temps en temps, des pensées intimes dont il avait accumulé des quantités.

– Crois-tu, lui demanda-t-il, que la lumière nous attend à la fin du tunnel ?

– Tu parles de ce qui nous attend après la mort ? Je ne sais pas. J'ai lu quelques livres à ce sujet. On y

---

1. Déformation de « *one bedroom* ».
2. Personnage du folklore russe : fille de neige qui fond au printemps.

parle d'un tunnel avec de la lumière au bout, mais je crois que c'est du bla-bla.

En lui racontant comment il avait failli devenir un cafard dans son lointain pays nordique, Serioja provoqua un sourire méfiant. Elle lui dit qu'il ne ressemblait vraiment pas à un émigrampant russe.

– Tu as l'air d'un véritable *cockroach* américain, dit-elle.

– Oo-oops, répondit Serioja.

Il était heureux d'avoir réussi sa naturalisation, et il interpréta le mot *cockroach* comme un équivalent new-yorkais de *cockney*. Pourtant, ces mots firent se nicher dans son âme un doute plutôt désagréable. Un jour qu'il avait pas mal bu après le travail, il déterra son appartement, se creusa un passage jusqu'au miroir et tressaillit en s'y voyant. Une tête triangulaire et brune, avec une longue moustache, le fixait dans la glace. Une tête qu'il avait déjà vue quelques années plus tôt. Serioja se saisit du rasoir et, quand le tourbillon mousseux eut emporté la moustache dans l'évier, ce fut son propre visage, très âgé, qui le regardait. Il se mit à creuser furieusement, directement derrière le miroir qui éclata en morceaux sous ses coups de pattes. Il tomba rapidement sur des objets qui prouvaient clairement qu'il avait atteint la rue : un Coréen âgé, assis sur un tabouret (sa boutique commençait habituellement à deux mètres sous le tabouret), un panneau vert avec l'esquisse d'une statue de la Liberté blanche sur le côté et l'inscription :

E 29 ST

Il se coupa sur le bord d'une boîte de conserve rouillée, mais continua à creuser rapidement et désespérément jusqu'à se retrouver dans une couche d'argile humide quelque part sous Greenwich Village, au milieu de fondations profondes et de puits de béton. Il déterra une enseigne représentant un bosquet de palmiers surmonté, en gros caractères, du mot « PARADISE ». Derrière elle s'ouvrait un escalier assez long au bas duquel il trouva un tabouret, un bout de comptoir et quelques verres de vodka-tonic, une boisson à laquelle il avait eu le temps de s'habituer.

Les parois du tunnel qu'il venait de creuser vibraient de musique. Il but deux verres d'un trait avant de regarder autour de lui. Derrière lui s'ouvrait un passage rempli de terre meuble. Il menait dans le monde connu d'où Serioja tentait de sortir depuis tant d'années. Devant lui se trouvait le comptoir en bois, tout rayé et maculé de taches de verres. Se trouvait-il dehors ? Et hors de quoi ? C'était le plus difficile à déterminer. Serioja prit, à côté de son verre, une pochette d'allumettes vert pâle et y retrouva des palmiers comme ceux qu'il avait vus sur l'enseigne et, longtemps auparavant, sur le givre d'une fenêtre de son enfance. La pochette mentionnait également des numéros de téléphone, l'adresse et l'assurance qu'il s'agissait de *The hottest place on the island*.

Mon Dieu, pensa Serioja, *mais est-ce que* the hottest place, *c'est le paradis ? Et non le contraire ?*

Devant lui, une main sortit de la paroi de terre, ramassa les verres vides et posa un verre plein. En essayant de se reprendre en pattes, Serioja regarda vers le haut. Comme d'habitude, la voûte de terre le surplombait d'un demi-mètre, et il pensa soudain, avec embarras, qu'au cours de sa longue vie pleine d'efforts il avait creusé dans toutes les directions possibles, mais jamais vers le haut.

Il enfonça alors ses pattes dans le plafond, et un monticule de terre creusée commença à s'accumuler au sol. Il fut obligé de tirer vers lui un tabouret pour grimper dessus, mais, une minute plus tard, ses doigts rencontrèrent le vide.

Naturellement, pensa-t-il, *la surface, c'est lorsqu'il ne faut plus creuser. Et il ne faut pas creuser là où la terre se termine !*

Comme un claquement de doigts résonnait en bas, il jeta dans le trou son portefeuille avec un jeu complet de cartes de crédit. En bas, à la place où il était assis, se trouvait une énorme boule d'un gris foncé, comme surgie de nulle part. Puis Serioja s'accrocha au bord du trou et grimpa dehors.

La soirée d'été était calme, et les nuages lilas du coucher de soleil étaient visibles entre le feuillage des arbres. La mer bruissait doucement au loin, et les stridulations des cigales résonnaient de tous les côtés. Serioja déchira sa vieille peau et s'en extirpa. Au-dessus de lui se trouvait l'arbre d'où il était tombé par terre. Il comprit que c'était précisément au cours de cette soirée qu'il avait commencé son long périple souterrain, car il n'en existait simplement pas d'autre. Il comprit aussi pourquoi les cigales stridulaient ou, plus exactement, pourquoi elles pleuraient. Et il se mit lui aussi à pleurer, de ses larges plaques sonores, sur cette vie passée en vain et qui ne pouvait que se passer en vain, et sur la totale inutilité de pleurer pour cela. Puis il déploya ses ailes et vola vers les nuages lilas, par-delà la montagne lointaine, en essayant de se débarrasser de la sensation qu'il creusait l'air avec ses ailes.

Soudain, il se rendit compte qu'il serrait toujours quelque chose dans son poing. Il approcha l'objet de son visage et vit la pochette d'allumettes verte aux palmiers noirs, froissée et couverte de terre. Et il comprit que le mot anglais *paradise* désignait l'endroit où l'on arrivait après la mort.

13

Trois sentiments
de la jeune mère

En mangeant la dernière prune écrasée, Marina ne s'inquiétait pas particulièrement pour son avenir. Elle était certaine de trouver au marché, pendant la nuit, tout ce dont elle avait besoin. Mais quand elle décida de ramper jusqu'à l'extérieur pour regarder s'il faisait déjà nuit et qu'elle descendit du tas de foin tassé sous son poids, elle se rendit compte que la sortie vers le marché avait disparu. Elle se souvint que Nikolaï l'avait bouchée dès son arrivée. Il l'avait fait si soigneusement qu'il n'en restait aucune trace et Marina ne parvenait pas à se souvenir où elle se trouvait. Elle regarda désespérément autour d'elle. Un vent glacé soufflait par le trou noir devant lequel était posé le paillasson tressé par Nikolaï ; quant aux trois autres murs, ils étaient exactement pareils : noirs et humides. Il était inutile de commencer à creuser un nouveau passage : elle n'aurait jamais assez de force pour cela. Cette pensée fit monter dans sa gorge des sanglots impuissants, et elle s'effondra sur le foin. Elle se souvenait du film qu'elle avait vu, mais les événements avaient pris une tournure tellement imprévue qu'elle ne savait absolument pas ce qu'il convenait de faire.

Le fait de pleurer finit par la calmer. Elle se rendit compte que la situation n'était pas aussi catastrophique qu'il lui semblait : d'abord, elle n'avait pas très faim ; ensuite, elle avait encore les deux lourds paquets qu'elle avait rapportés du théâtre et qui se trouvaient toujours à l'entrée de la galerie. Elle décida de les ramener dans la chambre et, se glissant dans le trou noir, entreprit d'avancer dans le passage étroit et tortueux, couvert de la neige que le vent apportait. Elle parcourut à peine quelques mètres avant de s'apercevoir qu'elle avait beaucoup de mal à progresser : ses flancs s'accrochaient sans cesse aux parois. Elle comprit avec horreur qu'elle avait terriblement grossi pendant les quelques jours où elle était restée couchée à se remettre de la mort de Nikolaï. Elle avait surtout pris du poids à la taille et aux endroits où poussaient initialement ses ailes. C'étaient de véritables sacs de graisse qu'elle avait là. Elle manqua de rester coincée dans une partie particulièrement étroite du couloir. L'espace d'un instant, elle crut même qu'elle serait incapable de se dégager, mais ses efforts lui permirent néanmoins d'atteindre la sortie. L'accordéon et les paquets se trouvaient bien là où elle les avait laissés, mais ils étaient couverts de neige. Après réflexion, Marina décida de ne pas emporter l'accordéon. Elle s'en servit pour consolider le couvercle qui bouchait l'entrée du trou, ramassa les paquets et fit demi-tour.

Elle eut autant de peine au retour qu'à l'aller, et lorsqu'elle parvint enfin à sa chambre, elle jeta un regard fatigué sur les feuilles de journal grises qui enveloppaient les colis. Elle devinait ce qu'elle allait trouver à l'intérieur et n'était donc pas pressée de les ouvrir. Sur le papier, le titre de la publication, *La Fourmi de Magadan*, était imprimé en gros caractères pseudo-slaves. Une devise, en italique gothique, le surmontait : « *Pour notre fourmilière de Magadan !* »

Plus bas, il y avait une photo, mais Marina ne distinguait pas clairement l'image à cause du sang séché qui couvrait tout le bas du paquet. Elle parvint toutefois à comprendre, grâce aux sous-titres, qu'il s'agissait d'un numéro du dimanche consacré essentiellement aux questions culturelles. Marina se sentit soudain indisposée par une sensation physique inconnue et, pour se distraire, elle décida de lire un peu. Elle déplia avec précaution le début de la feuille et vit, de l'autre côté, des colonnes de texte.

Le premier article, écrit par un certain commandant Bougaïev[1], était intitulé « La maternité ». En lisant ce mot, Marina sentit son cœur bondir. Elle se mit à lire avec toute l'attention dont elle était capable.

En entrant dans la vie, écrivait le commandant, *nous ne nous demandons pas d'où nous venons, ni qui nous étions auparavant. Nous ne nous interrogeons pas sur le sens de cela : nous rampons simplement le long du quai, en regardant autour de nous et en écoutant le doux clapotis de la mer.*

Marina soupira en pensant que le commandant connaissait bien la vie.

Mais le jour arrive, poursuivait l'article, *où nous apprenons comment le monde est fait ; et nous comprenons que notre première obligation devant la nature et la société, c'est de donner la vie à de nouvelles générations de fourmis qui poursuivront la grande cause que nous avons entreprise et inscriront de nouvelles pages glorieuses dans notre histoire millénaire. À ce propos, il me semble indispensable de parler des sentiments de la jeune mère. Primo, elle ressent un souci profond et tendre pour les œufs pondus, qui*

---

1. En russe, *bougaï* signifie « le taureau ».

196

trouve son expression dans des soins attentifs. Secundo, elle éprouve une légère tristesse, conséquence de ses réflexions constantes sur le destin de sa progéniture, souvent imprévisible à notre époque troublée. Et tertio, elle ne se départ jamais d'une fierté joyeuse, car elle est consciente...

Le dernier mot butait sur une croûte marron desséchée, et Marina, en se renfrognant à cause des sentiments nouveaux qui venaient de l'envahir, posa le regard sur la colonne voisine.

J'ai été une sorte de Cassandre pour le parti communiste letton, lut-elle avant de rejeter le journal.

– Mais je suis enceinte, dit-elle à haute voix.

Marina pondit le premier œuf sans s'en apercevoir, en dormant. Elle rêvait qu'elle était redevenue une jeune femelle et qu'elle faisait un bonhomme de neige dans la cour de l'Opéra de Magadan. Elle faisait d'abord une petite boule, qu'elle se mettait à rouler dans la neige pour la faire devenir de plus en plus grande. Mais, malgré tous ses efforts, elle ne parvenait pas à lui donner une forme ronde.

Lorsqu'elle se réveilla, elle était couchée sur le foin et avait fait tomber le rideau par terre dans l'agitation de son sommeil. Sur le sol, près du lit, là où Nikolaï posait ses bottes, un objet blanchoyait. C'était l'exacte copie de la bizarre boule de neige de son rêve. Marina bougea, et un autre œuf roula à côté du premier. Elle eut un sursaut d'effroi, et son corps se mit à se contracter en spasmes irrésistibles, mais pratiquement indolores. D'autres œufs suivirent. Ils étaient tous semblables, blancs et froids, couverts d'une peau élastique opaque. Par leur forme, ils évoquaient des melons de taille moyenne. Ils étaient sept, au total.

Que dois-je faire maintenant ? pensa Marina, préoccupée. Il lui vint aussitôt à l'esprit qu'il lui fallait d'abord creuser une niche pour les abriter.

En rejetant la terre avec la pelle, comme d'habitude, Marina examinait ses sentiments et remarquait avec perplexité qu'elle n'éprouvait guère les joies de la maternité, si bien décrites par le commandant Bougaïev. Elle ne ressentait que de l'appréhension en pensant que la niche pouvait être trop froide, et un léger dégoût pour les œufs pondus.

Elle se rendit compte que l'accouchement lui avait pris beaucoup de forces et, en terminant son travail, elle se sentait fatiguée et affamée. À part le contenu des paquets, il n'y avait plus rien d'autre à manger. Marina se décida.

– Je ne le fais pas pour moi, dit-elle en s'adressant au cube d'espace sombre au centre duquel elle était accroupie. C'est pour les enfants.

Dans le premier paquet, elle trouva une cuisse de Nikolaï enveloppée encore dans un morceau de son pantalon d'uniforme vert, imbibé de sang séché, qu'elle découpa soigneusement le long de la bande rouge, pour l'enlever comme la peau d'un saucisson. À cet endroit, Nikolaï portait un tatouage : des fourmis rouges gaies jouaient aux cartes autour d'une table sur laquelle était posée une bouteille au long goulot étroit. Marina se dit qu'elle n'avait pas réellement eu le temps d'apprendre quoi que ce fût sur son mari, et elle mordit dans la cuisse.

Au goût, Nikolaï s'avéra aussi solide et mélancolique qu'il l'était de son vivant, et Marina se mit à pleurer. Elle se souvint de ses pattes de devant, fortes et élastiques, couvertes de rares poils roux, et les attouchements qui, auparavant, n'avaient provoqué en elle qu'ennui et embarras, lui semblaient maintenant emplis de chaleur et de tendresse. Pour chasser l'angoisse, Marina se mit à lire les morceaux de journal qui jonchaient le sol.

On n'a plus la force de s'indigner, écrivait un auteur inconnu. *On ne peut que rester stupéfait devant le comportement éhonté des maçons de la tristement célèbre loge P-4 (« psychanalyse quatre ») qui, pendant plusieurs décennies, ont continué à se moquer de l'opinion publique internationale. Ils ont étendu leur insolence fanatique au point que, grâce à leurs efforts, deux des jurons les plus obscènes de la langue copte ancienne, utilisés par les maçons pour cracher sur le sacré des autres peuples, se sont retrouvés au centre de la polémique scientifique mondiale. Dans ce cas concret, il s'agit des expressions « sigmund freud » et « eric berne » qui se traduisent par « bouc puant » et « pénis de loup en érection ». Quand la science de Magadan, la dernière des sciences nordiques, se réveillera-t-elle, après une si longue torpeur, pour redresser son dos puissant ?*

Marina ne comprenait pas de quoi il s'agissait, mais elle devinait que, derrière le morceau de journal, se trouvait un monde scientifique et artistique qu'elle ne connaissait pas, mais qu'elle avait entrevu, en passant, sur le vieux panneau peint près de la mer : un monde d'hommes aux épaules larges, avec des livres et des règles à calcul entre les mains, d'enfants qui regardaient rêveusement vers un lointain qu'eux seuls voyaient et de femmes d'une incroyable beauté figées, sur fond de paysages printaniers, près de pianos à queue et de planches à dessin, en attendant anxieusement le bonheur. Marina ressentit une certaine amertume, car elle savait qu'elle ne figurerait jamais sur ce panneau en contre-plaqué, mais que cela pouvait encore arriver à ses enfants, et elle commença à s'inquiéter pour les œufs dans la niche. Elle rampa jusqu'à eux et les observa.

La peau opaque était devenue presque transparente, et elle voyait les embryons. Ils ne ressemblaient pas à des fourmis et rappelaient plutôt des vers grassouillets, mais il était néanmoins possible de distinguer les traces de leur future constitution. Cinq d'entre eux donneraient naissance à des insectes de travail, asexués, mais les deux autres avaient des ailes, et Marina constata avec une joyeuse inquiétude que l'un d'eux était un garçon et l'autre une fille. Se tournant vers le lit, elle en arracha une bonne brassée de foin pour bien envelopper sa progéniture. Sa nouvelle conscience maternelle la poussa même à se dépouiller du rideau pour les en couvrir. Lorsqu'elle se recoucha, l'herbe sèche piqua désagréablement son corps nu, mais elle s'efforça de ne pas prêter attention à ce petit inconvénient. Elle fixa longtemps avec tendresse le petit nid douillet qu'elle venait de créer, puis ses yeux se fermèrent et elle s'endormit. Dans son rêve, elle vit la science de Magadan redresser l'échine sous le ciel noir de l'océan Glacial.

Le lendemain, elle remarqua que, bien qu'elle n'eût rien mangé, elle avait grossi au point de ne plus pouvoir sortir dans le couloir et d'être obligée de se coucher diagonalement dans la chambre, la tête vers la niche des œufs. Elle ne parvenait même plus à comprendre comment elle avait pu passer, naguère, par le trou minuscule qui béait dans le mur. Les plis de graisse sur son cou ne lui laissaient même pas la possibilité de tourner la tête pour voir ce qu'elle était devenue, mais elle sentait que ce gros corps autosuffisant n'était plus tout à fait le sien. De Marina, il ne restait plus que la tête avec quelques pensées et deux pattes qui lui obéissaient encore (les autres étaient écrasées, sous son poids, contre le sol). Des fluides bougeaient dans ce corps. Des sons étranges et ensorcelants s'y manifestaient. De temps en temps, indépendamment de Marina, il se mettait à se contracter lentement ou à se tourner d'un côté sur l'autre. Marina était persuadée que c'était génétique. Depuis qu'elle était devenue mère, elle n'avait mangé que la cuisse de Nikolaï, et non pas vraiment parce qu'elle était très affamée, mais pour que la viande ne pourrisse pas.

Un jour, pourtant, elle se réveilla avec une sensation de faim qui ne ressemblait à rien de ce qu'elle avait pu ressentir auparavant : ce n'était plus la jeune fille mince du passé qui avait faim, mais une énorme masse de cellules vivantes dont chacune piaillait d'une petite voix qu'elle voulait manger. Elle se décida à tirer vers elle le second paquet. Il s'ouvrit sur une bouteille de champagne. D'abord, elle s'en réjouit, car elle n'avait pas goûté au champagne du théâtre et elle se demandait souvent quel goût il avait, mais, ensuite, elle se rendit compte qu'elle restait sans nourriture. Alors, elle tendit les pattes vers le nid des œufs, en choisit un où mûrissait une fourmi sans sexe et, sans se donner le temps de réfléchir, enfonça ses mandibules dans la peau translucide. L'œuf était bon et très nourrissant. Avant de reprendre le contrôle de ses sentiments, Marina en goba trois.

Et alors, pensa-t-elle, en sentant un rot lui monter à la gorge, *comme ça, au moins, quelqu'un restera. Sinon, on serait tous morts...*

Elle ressentit une forte envie de champagne et ouvrit la bouteille. Le bouchon sauta et un bon tiers du contenu se répandit en mousse blanche sur le sol, laissant Marina particulièrement affligée. Puis elle se souvint que c'était exactement comme dans le film, et elle se calma. Le champagne ne lui plut pas trop, car seule la mousse lui tombait dans le gosier et c'était difficile à avaler. Elle but néanmoins toute la bouteille qu'elle rejeta, vide, dans un coin, avant de se mettre à lire le journal dans lequel elle avait été emballée. C'était également un exemplaire de *La Fourmi de Magadan*, mais pas aussi intéressant que le précédent. Il était presque entièrement consacré à une conférence sur les minorités sexuelles. C'était ennuyeux à lire. En revanche, sur une photo de groupe, elle remarqua l'auteur de l'article sur la maternité, le commandant Bougaïev. Il était, comme la légende l'indiquait, le cinquième à partir du haut.

Marina posa le journal et prêta l'oreille aux sensations de son propre corps. Elle avait du mal à croire qu'elle était cet énorme tas de chair. À moins que ce ne fût l'énorme tas de chair qui eût du mal à croire qu'il était Marina.

Si je me mets à la gym dès demain, pensa Marina en sentant un espoir monter en bulle de son ventre, *je maigrirai et je me creuserai un nouveau passage au sud, vers la mer... Je trouverai ce général qui disait du bien de Nikolaï. Il m'épousera et...*

Marina n'osait pas penser à ce qui arriverait après, mais elle sentait qu'elle était jeune, pleine de forces et, si elle ne capitulait pas sous le poids des circonstances, elle pourrait encore tout recommencer. Puis elle s'assoupit et dormit très longtemps, sans rêves.

Des bruits que seul un goinfre pouvait produire la réveillèrent. Un spectacle ahurissant s'offrait à elle : deux grands yeux inexpressifs la regardaient. Sous eux, des mâchoires pointues et fortes mâchaient quelque chose avec une grande rapidité. Encore plus bas, commençait un petit corps blanc, comme celui d'un ver, couvert d'écailles courtes et élastiques.

– Qui es-tu ? demanda Marina, effrayée.
– Je suis ta fille Natacha, répondit la chose.
– Et que manges-tu là ?
– Des œufs, marmonna Natacha, en toute innocence.
– Ah…

Marina regarda la niche aux œufs et vit qu'elle était vide. Elle coula sur Natacha un regard de reproche.

– Que faire, maman ? se justifia-t-elle, la bouche pleine. C'est la vie. Si Andrioucha était né le premier, c'est lui qui m'aurait mangée.
– Quel Andrioucha ?
– Mon petit frère, répondit Natacha. Il était encore dans l'œuf lorsqu'il m'a dit : va réveiller maman. Alors je lui ai répondu : si tu avais été le premier à rompre la peau, aurais-tu réveillé maman ? Il ne savait que répondre. Alors, je…
– Mais, Natacha, comment as-tu pu ? chuchota Marina, en hochant la tête et en contemplant sa fille.

Elle ne pensait plus aux œufs. Tous les autres sentiments reculèrent devant l'étonnement de se dire que cet être bizarre, qui bougeait et parlait comme si de rien n'était, était sa propre fille. Marina se souvint du panneau en contre-plaqué et, dans son imagination, tenta de placer Natacha dans cet avenir radieux. L'enfant la regarda en silence, puis finit par demander :

– Qu'est-ce que tu as, maman ?
– Rien, fit Marina. Tu sais quoi, Natacha ? Tu vas ramper dans le couloir et rapporter l'accordéon qui s'y trouve. Seulement, fais attention à ne pas faire tomber le couvercle de la porte, sinon le vent va pousser toute la neige à l'intérieur.

Quelques minutes plus tard, Natacha revint avec une caisse noire qui dégageait du froid.

– Maintenant, écoute, Natacha. J'ai eu un destin dur et horrible. Ton pauvre père aussi. Et je veux que ça se passe autrement pour toi. La vie est une chose bien compliquée.

Marina réfléchit. Elle voulait tenter de résumer en quelques mots toute son expérience amère et toutes les pensées qui avaient traversé son esprit pendant les longues nuits de Magadan, de manière à transmettre à sa fille la quintessence de ses conclusions.

– La vie, commença-t-elle, en se souvenant avec précision du sourire de triomphe sur le visage de la guenon crottée enveloppée dans le rideau couleur citron, c'est la lutte. Dans cette lutte, c'est le plus fort qui gagne. Et je veux, Natacha, que ce soit toi. À partir d'aujourd'hui, tu vas apprendre à jouer de l'accordéon de ton père.

– Pourquoi ?

– Tu vas devenir travailleur des arts, expliqua Marina, en désignant le trou noir dans le mur, et tu iras travailler au théâtre d'opéra militaire de Magadan. C'est une belle vie, pure et joyeuse (Marina se souvint du général avec les mandibules usées et les muscles du visage paralysés), pleine de rencontres de gens étonnants. Veux-tu vivre ainsi ? Aller en France ?

– Oui, répondit Natacha d'une petite voix.

– Bien, sourit Marina, commençons tout de suite.

Les succès de Natacha furent étonnants. En quelques jours, elle apprit à jouer tellement bien que Marina décida, en son for intérieur, que cela venait des gènes paternels. La seule musique qu'elles trouvèrent dans *La Fourmi de Magadan* fut celle de la chanson *Gardes-*

frontières an der See, citée comme un exemple d'art typiquement russe. Natacha se mit à jouer aussitôt, en lisant les notes directement sur la feuille. Marina écouta, bouleversée, les hurlements des vagues et du vent qui se fondaient en un hymne à la volonté inébranlable de la fourmi capable de surmonter tout cela. Cela lui fit penser au destin de sa fille.

– C'est ça, la chanson, chuchota-t-elle, en regardant les doigts de Natacha parcourir rapidement les boutons.

Un jour, Marina se rappela la mélodie du film français et la chanta à Natacha comme elle put. La fillette saisit aussitôt le motif et le joua à quelques reprises, puis elle réfléchit et l'interpréta un peu différemment, et Marina se rendit compte que c'était exactement comme dans le film. Après cela, elle crut définitivement en sa fille, et quand Natacha s'endormait à côté d'elle, elle couvrait avec soin le saucisson blanc de son corps sans défense, comme si elle était encore un œuf.

Parfois, le soir, elles se mettaient à rêver que Natacha allait devenir une grande artiste et que Marina assisterait à ses concerts, au premier rang, et pleurerait enfin à volonté les fières larmes de mère. Natacha adorait jouer dans de tels concerts. Elle s'installait devant sa mère sur la caisse en contre-plaqué, serrait l'accordéon contre sa poitrine et jouait *Gardes-frontières an der See* ou *Le Temps du muguet*. Marina l'interrompait aux moments les plus inappropriés en criant « bravo ! » et en se mettant à applaudir avec les deux pattes qui fonctionnaient encore. Alors Natacha se levait et faisait une révérence. Elle le faisait d'une manière tellement naturelle, comme si elle n'avait jamais rien fait d'autre dans la vie, que Marina n'avait plus qu'à essuyer avec du foin les larmes de bonheur qui dévalaient le long de ses joues. Elle ne se sentait plus vivre pour elle-même, mais pour Natacha, et tout ce qu'elle demandait à la vie, c'était le bonheur de sa fille.

Mais, à mesure que les jours passaient, Marina commença à remarquer que sa fille manifestait un étrange comportement. Parfois, elle se figeait, l'accordéon entre les mains, et restait muette, le regard fixé sur le mur.

— Qu'as-tu, fillette ? demandait Marina.

— Rien, répondait Natacha en se remettant à jouer.

Parfois, elle abandonnait l'accordéon et rampait dans la partie de la chambre où Marina ne pouvait la voir. Cette dernière se demandait souvent ce qu'elle y faisait, mais Natacha ne répondait pas à ses questions. À d'autres occasions, elle ramenait à la maison des copains et des copines, mais Marina ne les voyait pas. Elle entendait seulement leurs jeunes voix, pleines d'aplomb. Un jour, Natacha lui demanda :

— Maman, qui vit mieux, les fourmis ou les mouches ?

— Les mouches, répondit Marina, mais jusqu'à un certain temps.

— Et après ce certain temps ?

— Comment te dire ? Leur vie n'est pas mauvaise, mais elle n'est pas très stable, sans aucune certitude pour l'avenir.

— Et toi, as-tu cette certitude ?

— Moi ? Bien entendu. Où pourrais-je aller ?
Natacha réfléchit.

— Et es-tu certaine de mon avenir ? demanda-t-elle.

— Bien sûr, Natacha. Ne t'inquiète pas, ma chérie.

— Et peux-tu faire en sorte de ne plus l'être ?

— Que veux-tu dire ? s'étonna Marina.

— Eh bien, peux-tu faire en sorte de ne plus avoir de certitude à mon égard ?

— Et pourquoi me demandes-tu cela ?

— Pourquoi, pourquoi. Mais parce que tant que tu

seras certaine de mon avenir, je ne pourrai pas partir d'ici.

– Salope ingrate ! se rebella Marina. Je t'ai tout donné, je t'ai consacré ma vie, et toi...

Elle leva la main, mais Natacha rampa rapidement hors d'atteinte, dans le coin de la chambre où sa mère ne pouvait même pas la voir.

– Natacha ! appela Marina un peu plus tard. Tu m'entends, Natacha ?

Mais la fillette ne répondit pas. Marina pensa que sa fille était fâchée contre elle et décida de la laisser tranquille. Elle piqua du nez et s'endormit.

Le lendemain matin, en se réveillant, elle fut très surprise de ne pas sentir à côté d'elle le petit corps élastique.

– Natacha ! appela-t-elle.

Personne ne lui répondit.

– Natacha ! répéta Marina qui commençait à s'agiter avec inquiétude.

Devant le silence qui semblait la narguer, elle ressentit soudain une véritable panique. Elle tenta de se retourner, mais son énorme masse adipeuse ne lui obéit pas. Elle se dit qu'elle pouvait peut-être encore bouger, mais que son corps ne parvenait peut-être pas à déchiffrer les signaux que le cerveau envoyait aux muscles. Elle fit un énorme effort de volonté, mais sans autre résultat qu'un hurlement de douleur qui retentit à l'intérieur d'elle-même. Finalement, Marina parvint à tourner la tête légèrement de côté. Elle pouvait désormais entrevoir un autre coin de la chambre et parvint à y distinguer, accroché au plafond, un petit cocon argenté. Il était formé, lui sembla-t-il, de plusieurs couches de fins fils de soie.

– Natacha, dit-elle de nouveau.

– Quoi, maman ? lui répondit une voix à peine audible, en provenance du cocon.

– Qu'est-ce que tu as ?

– Rien de particulier, répondit Natacha. Je me suis chrysalidée. Le temps est venu.

– Tu t'es chrysalidée ? répéta Marina avant de se mettre à pleurer. Pourquoi ne m'as-tu pas appelée ? Tu es donc une adulte, à présent ?

– Eh oui ! répondit Natacha. Et je compte bien vivre comme je l'entends.

– Mais que veux-tu faire en sortant de ta chrysalide ? demanda sa mère.

– Je veux devenir une mouche.

– Tu plaisantes ?

– Je ne plaisante pas. Je ne veux pas vivre comme toi, c'est clair ?

– Natachenka, se lamenta Marina, ma petite fleur ! Reviens à toi ! On n'a jamais eu une telle honte dans notre famille !

– Alors, ce sera la première fois, répondit calmement Natacha.

Le lendemain matin, un grincement réveilla Marina. Le cocon suspendu remuait légèrement et elle comprit que Natacha était prête à sortir.

– Natacha, commença Marina, en s'efforçant de parler posément. Tu dois bien avoir à l'esprit une chose. Pour se frayer un chemin vers la liberté et le soleil, il faut travailler consciencieusement toute sa vie. Sinon, c'est simplement impossible. Ce que tu as l'intention de faire, c'est prendre le plus court chemin vers les bas-fonds de la vie, là où il n'y a pas de salut possible. Comprends-tu ?

Le cocon craqua sur toute sa longueur et une tête sortit du trou. Ce n'était plus la Natacha qui s'amusait à jouer au concert avec Marina, pendant de longues soirées.

— Et nous vivons où, à ton avis ? répliqua-t-elle d'un ton grossier. Sur le toit, peut-être ?

— C'est comme tu veux, menaça Marina. Si tu reviens toute fripée avec des œufs plein le bas de ta jupe, ne compte pas sur moi. Je ne te laisserai pas rentrer.

— Je m'en fous, répondit Natacha.

Elle déchira tout à fait la paroi du cocon, et au lieu d'un corps modeste de fourmi avec quatre longues ailes, Marina aperçut une jeune mouche dans une courte robe putassière, verte avec des paillettes. Natacha était certes jolie, mais ce n'était pas la beauté pudique et passagère de la femelle fourmi. Elle avait l'air extrêmement vulgaire, mais il y avait quelque chose de charmeur et d'attrayant dans cette vulgarité. Marina comprit que l'homme joufflu du film français, s'il avait dû choisir entre Marina jeune et Natacha, aurait sans doute préféré cette dernière.

— Putain ! hurla Marina, en sentant que la jalousie féminine s'ajoutait aux sentiments parentaux offensés.

— Putain toi-même, répondit Natacha, sans se retourner, en arrangeant sa coiffure.

— Quoi... Tu oses..., siffla Marina, t'en prendre à ta mère... Dehors ! Tu m'entends, dehors !

— Je vais partir de toute façon, fit Natacha, en terminant sa toilette. Je n'ai pas besoin de toi.

— Fous le camp immédiatement ! cria Marina. Comment oses-tu parler ainsi de ta mère ? Dehors !

— Et j'en ai marre de ton accordéon, vieille idiote. Tu n'as qu'à en jouer toi-même à en crever.

Marina fit tomber sa tête sur le foin et poussa de gros sanglots. Elle pensait que Natacha allait se repentir et qu'au bout de quelques minutes elle reviendrait s'excuser. Elle décida même de ne pas lui pardonner aussitôt, mais de la faire souffrir un peu. Soudain, elle entendit dans son dos le bruit d'une pelle qui s'enfonçait dans la terre.

— Natacha, hurla-t-elle, en tournant la tête dans un effort monstrueux, que fais-tu ?

— Rien, je creuse un trou pour sortir.

— Mais la sortie est là-bas ! Veux-tu détruire tout ce que nous avons construit, ton père et moi ?

Natacha ne répondit pas. Elle poursuivit son travail avec concentration, sans se retourner, malgré toutes les injures que sa mère déversait sur son compte.

Voyant que tout était inutile, Marina se contorsionna pour approcher sa tête du trou noir dans le mur et cria :

— Au secours ! Bonnes gens ! Milice !

En guise de réponse, elle n'entendit que le hurlement du vent glacial.

— Sauvez-moi ! hurla-t-elle encore.

— Mais qu'est-ce que tu as à crier comme ça ? demanda calmement Natacha. Premièrement, il n'y a pas de bonnes gens, et, deuxièmement, de toute façon personne ne peut t'entendre.

Marina comprit que sa fille avait raison et elle resta figée dans une sorte de torpeur. La pelle cliqueta rythmiquement sous le plafond pendant une heure ou deux, puis un rayon de soleil oblique tomba dans la chambre où une bouffée d'air frais fit irruption, chargée d'odeurs oubliées. Marina respira et comprit soudain que le monde qu'elle considérait comme perdu à jamais, avec sa jeunesse passée, était en réalité tout près. L'automne avait déjà commencé, mais le temps resterait chaud et sec pendant plusieurs semaines.

— Salut, maman, dit Natacha.

Elle s'envole, se dit, enfin, Marina.

– Natacha ! N'oublie pas ton sac, au moins ! cria-t-elle soudain.

– Merci ! cria Natacha de la surface. Je l'ai pris !

Elle recouvrit avec quelque chose le trou qu'elle avait creusé. L'obscurité et le froid reconquirent aussitôt la chambre, mais les quelques minutes pendant lesquelles le soleil avait brillé suffirent à Marina pour se souvenir de ce jour lointain où elle avait marché sur le quai, alors que la vie lui promettait toutes ses merveilles par les mille voix douces qui lui parvenaient de la mer, du feuillage, du ciel et de l'horizon.

Marina regarda la pile de journaux et comprit avec tristesse que c'était là tout ce qui lui restait ou, plus exactement, ce que la vie lui réservait encore. Elle n'était plus fâchée contre sa fille et la seule chose qu'elle voulait c'était que Natacha, sur le quai, eût plus de chance qu'elle. Elle savait que sa fille reviendrait, mais elle n'ignorait pas non plus que, même si elle se trouvait tout près, il y aurait toujours entre elles un mur fin mais opaque, comme si l'espace où elles avaient jadis joué aux concerts de Magadan s'était trouvé soudain divisé par un paravent jaune montant jusqu'au plafond.

14

Le deuxième monde

– ... se débarrasser de la sensation qu'il creusait l'air avec ses ailes, disait Mitia, debout, les yeux fermés, sous la perche du phare.

... il se retenait de toutes ses forces de penser qu'il avait précisément fait cela pendant toute sa vie précédente. Alors qu'il volait, avec des centaines d'autres cigales, vers la montagne lointaine, en voyant pour la deuxième fois le monde tel qu'il était, la nuit tomba, et il lui sembla qu'il perdait son chemin (bien qu'il ne sût pas exactement le but de son vol), mais il se souvint à cet instant qu'il se tenait debout entre les buissons noirs des prunelliers et les rochers aux formes fantasques qui surgissaient de terre et ressemblaient, de l'endroit où il se trouvait, à de simples morceaux de ciel sans étoiles...

Mitia cligna des yeux à quelques reprises et pressa légèrement ses paupières avec les doigts. Une faible lueur bleuâtre se répandit derrière elles, mais le point lumineux qui y brillait quelques instants plus tôt n'y était plus.

– C'est tout. Je ne vois plus rien, dit-il. Combien de temps tout cela a-t-il duré ?

Dima haussa les épaules.

– En effet, fit Mitia. Bien sûr.

– Les cigales sont nos parents proches, dit Dima.

Mais elles vivent dans un monde totalement différent. Je les qualifierais de phalènes souterraines. Là-bas, c'est comme chez nous, mais il n'y a pas du tout de lumière.

Il se retourna et entreprit de remonter le sentier. Mitia le suivit. Une ou deux minutes plus tard, ils aboutirent à un terrain plat, entre les rochers, qui s'ouvrait sur le précipice. La mer était visible, avec sa large route lunaire (plus qu'une route, une vraie piste de décollage et d'atterrissage), et une auréole scintillante sur la côte.

— C'est bizarre, constata Mitia. C'est comme si tout ce à quoi nous tentons de revenir pendant notre vie ne disparaissait jamais, et que quelqu'un nous bandait les yeux pour que nous ne puissions le voir.

— Veux-tu savoir qui ?

— Je le veux, affirma Mitia.

— C'est bien que tu le veuilles, parce que, de toute façon, tu seras bien obligé de le savoir.

Mitia tressaillit.

— Qu'est-ce que cela veut dire, obligé ?

— Vois-tu, expliqua Dima tristement, par tes actions récentes, tu as dérangé un être très puissant. Il n'a guère apprécié cela. Et maintenant, il va venir te régler ton compte.

— Et en quoi mon existence le regarde-t-elle ? demanda Mitia.

— Il considère que tu te trouves entièrement en son pouvoir. Que tu lui appartiens. Et que ce que tu essaies de faire menace ce pouvoir. Et cet être va t'attaquer d'un moment à l'autre.

— Qui est-ce ?

— Le cadavre, fit Dima, comme si cela allait de soi.

— Quel cadavre ?

— Le tien. De qui d'autre sinon ?

— Tu veux dire que je vais mourir ?

– Dans un certain sens, répondit Dima. Quand je dis « cadavre », je veux dire celui qui vit maintenant à ta place. À mon avis, la pire chose qui puisse t'arriver, c'est qu'il continue de vivre à ta place. Mais s'il meurt, tu vivras à sa place.

– Qui vit à ma place ? demanda Mitia. Et comment un cadavre peut-il mourir ?

– Bien. Il ne vit pas. Il se meurt. Mais ce ne sont que des paroles sans importance. En fait, il est inutile d'en parler. Vas-y et tu verras par toi-même.

– Et toi ? demanda Mitia.

– Il n'y a que toi qui puisses le rencontrer. Et tout ce qui se produira ne dépend que de toi.

– Dois-je de nouveau aller dans les buissons ? Cela ne suffit-il pas ?

– Je ne sais pas où il va te trouver.

Dima s'approcha du bord du terrain, près du précipice qui s'ouvrait sur la mer, et resta de dos, comme s'il ne voulait rien savoir de ce qui allait se passer derrière lui.

Mitia regarda autour de lui. Il était entouré de rochers aux formes variées. Sur certains poussaient des touffes d'herbe remuées par le vent, et cela donnait l'impression que c'étaient les pierres elles-mêmes qui bougeaient. Mitia regarda Dima, qui, de dos, ressemblait à une pierre sombre saillante, comme s'il s'était transformé en rocher.

Il n'y avait rien d'autre sur le terrain. Mitia se dirigea vers l'entrée du sentier par où ils étaient arrivés et, s'accrochant aux pierres, commença la descente. En suivant Dima, il n'avait pas remarqué à quel point il était difficile d'y marcher. Le chemin lui avait semblé mieux éclairé. Là, alors que la lune était masquée par la crête des roches, il lui fallait avancer en tâtonnant pour trouver une assise stable à ses pieds et des branches où s'accrocher. Au bout de quelques mètres, Mitia eut l'impression de pendre au-dessus du vide noir, en se tenant à quelques saillies de pierre, surgies du néant. Il n'était pas sûr de trouver un appui quelconque devant lui et se figea sur place.

Mais où vais-je ? pensa-t-il. *Et pour quoi faire ?*

Il ferma les yeux et s'efforça de se concentrer sur ses sentiments et ses pensées, mais il ne trouva rien. Il faisait simplement noir, frais et calme. Il pouvait continuer la descente, mais il pouvait également retourner sur le terrain où Dima était resté. Il lui semblait qu'il n'y avait aucune différence entre ces deux actions.

Il fit un pas de plus, et un gros caillou glissa sous son pied et tomba. Il l'aurait suivi dans sa chute, s'il n'était parvenu à s'accrocher, au dernier moment, à une branche épineuse qui lui blessa profondément la paume. La pierre rebondit à plusieurs reprises contre le rocher, avant de s'enfoncer dans le feuillage avec un bruissement. Puis le silence revint.

Que m'arrive-t-il ? pensa Mitia, en léchant sa paume sanglante. *Comment se fait-il que je reste ici, dans l'obscurité complète d'un endroit mystérieux, à attendre mon propre cadavre ? Comment suis-je arrivé ici, alors que je volais vers la lumière ? Je cherchais tout autre chose. Bien sûr, je ne sais pas moi-même ce que je cherchais, mais en tout cas, ce n'était pas cela.*

Le vent souffla, et des feuilles invisibles se mirent à bruire en bas.

Peut-être se livre-t-il à des expériences sur moi ? Je vais aller lui dire que j'en ai assez... D'ailleurs, qui est-il ? Et d'où sort-il, celui-là ? Mais non... ces questions sont inutiles... Il vient du même endroit que moi. Et il dit la vérité. Je la savais aussi depuis toujours, sans son aide. Je savais aussi beaucoup d'autres choses... Mais voici qu'à présent j'ignore où elles sont passées...

Mitia tenta de s'en souvenir, et, devant lui, presque comme dans le puits, quelques images furtives apparurent rapidement, comme un film fait du collage de plusieurs diapos. Il s'avéra que les meilleurs moments étaient liés à des choses si simples qu'il ne pouvait les raconter à personne. C'étaient les moments où la vie prenait un sens, et qu'il devenait clair qu'en fait elle ne le perdait jamais. C'était Mitia qui ne le trouvait pas. Quant à la raison pour laquelle ce sens redevenait soudain visible, elle demeurait obscure, et les images des diapos de sa mémoire ne contenaient aucune information. D'ailleurs, elles étaient très ordinaires : des bandes de lumière zébrant le plafond nocturne, comme des faisceaux de projecteurs de DCA ; ou le ciel du soir s'encadrant dans une trouée d'arbres, vu à travers la vitre poussiéreuse d'un train ; ou encore les quelques émeraudes brutes de quelques tessons de bouteille rassemblés sur la paume de sa main. Mais la connaissance bizarre et inexprimable liée à tout cela avait depuis longtemps disparu et ce qu'il gardait en mémoire était comme des papiers d'emballage de bonbons conservés longtemps après avoir été mangés par l'être qui vivait en lui et qui était constamment et discrètement présent dans toutes ses pensées (peut-être même vivait-il parmi elles), mais se cachait en permanence du regard direct.

Mitia comprit aussitôt que cet être qui l'avait imperceptiblement mâché pendant toute sa vie, jusqu'à le dévorer presque entièrement, n'avait simplement pas encore eu le temps de roter. C'était cela, le cadavre. Mais il était impossible de se battre contre lui, sauf à prendre une grosse pierre pour se la fracasser sur la tête.

Mitia tâta une nouvelle fois le vide obscur, sous

ses pas, se retourna et se mit à grimper. Il était plus simple de monter que de descendre et, en une minute, il se retrouva sur le terrain fortement baigné de lumière lunaire.

Dima était toujours debout. Il n'avait pas changé de pose et Mitia pensa avec irritation que son comportement était peut-être trop empreint de pathos mystique.

– J'ai tout compris, dit-il. J'ai compris de quoi tu parlais. Eh, toi !

Il tapa sur l'épaule de Dima qui se retourna lentement.

Ce n'était pas Dima.

C'était précisément l'être dont l'idée de l'existence venait d'effleurer la conscience de Mitia. Il ne savait pas d'où lui venait cette certitude, mais il sentait qu'il lui était impossible de se tromper. Au moment où il vit devant lui son propre visage, bleu et fatigué, il se souvint d'un vieux livre japonais qui décrivait le cauchemar d'un dormeur : l'homme courait le long de la côte en tentant de fuir un autre lui-même qui s'était levé d'un cercueil. C'était exactement ce qui se passait, à part qu'il n'y avait pas de cercueil, que la côte se trouvait loin en bas, et surtout qu'il ne dormait pas.

Il recula tandis que le cadavre s'avançait vers lui. Il se jeta dans le sentier descendant, mais s'imaginant qu'il devrait encore se suspendre aux branches, il ralentit, et se mit à hésiter sur ce qu'il convenait de faire. À ce moment, il sentit que sa propre paume l'attrapait par l'épaule gauche.

En fait, la paume appartenait à son poursuivant, mais, en même temps, il avait l'impression qu'il saisissait quelqu'un par l'épaule gauche. Et ce quelqu'un, c'était aussi lui-même. Mitia hurla de terreur et frappa maladroitement de son poing le visage aux yeux fermés qui n'exprimait rien. Il ressentit aussitôt un coup oblique sur sa pommette. Lentement et de manière un peu caricaturale, dans l'esprit des horreurs américaines aseptisées, le cadavre leva les bras et enroula ses doigts autour de la gorge de Mitia qui sentit ses mains étrangler quelqu'un. Il serra de toutes ses forces, et comprit qu'il allait étouffer très vite, alors il se retint quelque peu et il put à nouveau respirer. Lorsqu'il retira ses mains, il sentit que les doigts sur sa gorge se desserraient en même temps.

C'est clair, pensa Mitia. Il se retourna, leva la jambe pour faire un pas, et sentit sa propre paume le saisir une nouvelle fois par l'épaule gauche. Un accès instantané de fureur le poussa à assener au cadavre un coup de pied. Il ressentit aussitôt une douleur foudroyante. Reprenant ses esprits, il se rendit compte qu'il était à quatre pattes. Il se redressa en aspirant avec un sifflement l'air dans ses poumons désobéissants. Ce n'était pas seulement difficile parce que le coup lui avait coupé le souffle, mais aussi parce que, avec un zèle obtus, les doigts du cadavre s'étaient encore refermés sur son cou. Pour aspirer, il dut à nouveau affaiblir sa poigne sur la gorge bleue et froide. Il fit une nouvelle tentative pour se décrocher du cadavre, mais bien que ses propres mouvements fussent rapides et forts, et ceux de son antagoniste, lents et mous, il n'avait pas terminé sa rotation que sa paume se posait pour la troisième fois sur son épaule.

Mitia se retourna vers le cadavre, le serra légèrement à la gorge (pour pouvoir respirer lui-même) et dit :

– Alors ? On va rester longtemps comme ça ?

L'autre ne répondit pas. Mitia le dévisagea attentivement et remarqua que ses paupières étaient légèrement entrouvertes et qu'il semblait regarder par terre.

Il soufflait faiblement et Mitia eut l'impression qu'il s'efforçait de se souvenir de quelque chose.

– Eh, toi ! l'interpella Mitia.

– Un instant, dit le cadavre en se remettant à respirer imperceptiblement.

Peut-être faut-il simplement l'étrangler ? pensa Mitia furtivement. *Je vais sans doute souffrir un peu moi-même.*

Il se mit à inspirer avec prudence, afin d'accumuler suffisamment d'air dans les poumons, mais il sentit les doigts du cadavre se crisper de plus en plus fort sur sa gorge. Mitia tenta de se dégager, mais c'était inutile : l'autre semblait bien décidé à l'étrangler le premier. Mitia eut sérieusement peur, et les doigts du cadavre, stupéfait, se desserrèrent aussitôt.

Non, pensa Mitia. *Ça n'ira pas. Et si, à tout hasard, je lui faisais un signe de croix ? Ça ne peut pas faire de mal.*

Soudain, le cadavre dégagea une main, fit un rapide signe de croix sur Mitia et le saisit de nouveau à la gorge.

Ce n'est pas cela qui va m'aider, se dit Mitia en comprenant soudain que tout ce qu'il pensait, ce n'était pas lui, mais le cadavre qui le pensait.

– Ohé, résonna la voix de Dima en haut. As-tu l'intention de l'enlacer encore longtemps ?

Mitia leva les yeux. Dima était assis au sommet de la falaise, à quelques mètres à droite, et balançait ses jambes dans le vide en contemplant le combat indolent.

– Frappe-le aux couilles, conseilla-t-il. Et après, lorsqu'il sera plié en deux, tu lui casses la nuque, à mains jointes.

– Sérieusement, qu'est-ce que je dois faire ? siffla Mitia.

– Je n'en sais rien, répondit Dima. Ce n'est pas mon

cadavre, c'est le tien. Fais-en ce que tu veux. Tout est entre tes mains.

Pendant quelques minutes, Mitia resta debout face à lui-même en se regardant droit dans le visage. En fait, il n'avait rien de particulièrement horrible : il était calme, fatigué et très triste, comme si le cadavre se tenait non pas à sa gorge, mais à la barre d'un wagon de métro sur le chemin de retour d'un travail ennuyeux.

– Si cela se passait avec moi, que Dieu m'en préserve, finit par dire Dima du haut de sa falaise, j'examinerais d'abord qui se tient devant moi.

Mitia regarda encore le visage fatigué et y remarqua une grimace à peine perceptible, mais qui révélait à la fois de la tristesse et une certaine vexation, comme le regret d'un rêve non réalisé. Mitia comprit que ce rêve, c'était le sien. Par-delà la répulsion et la peur, il éprouva une sincère pitié pour ce cadavre, mais, dès qu'il la ressentit, les doigts glacés s'enfoncèrent une nouvelle fois autour de sa trachée. Cette fois, Mitia ne parvint pas à affaiblir la poigne, et il sentit nettement qu'une force extérieure l'étranglait. Il donna un coup de pied magistral à la jambe de son adversaire, mais il ne réussit qu'à se meurtrir férocement les orteils, comme s'il avait tapé dans un poteau de fer. Des points bariolés se mirent à sautiller devant ses yeux et il se sentit perdre connaissance. Soudain, il vit clairement que, son forfait accompli, le cadavre retournerait simplement à la maison pour finir la lecture de Marc Aurèle.

À ce moment précis, son attention fut attirée par l'une des taches multicolores qui dansaient derrière ses paupières. Ou plus exactement par le seul petit point bleu qui ne dansait pas, mais restait rigoureusement immobile. C'était justement le point qui lui avait permis de distinguer la cigale, avant de disparaître. Mitia comprit qu'il pouvait de nouveau regarder par son intermédiaire, et il dirigea le rayon d'attention sur le visage bleu et fatigué qui lui faisait face. Il sentit aussitôt que ses doigts ne serreraient pas une gorge, mais quelque chose de mou et d'un peu humide.

Devant lui se trouvait une énorme boule de fumier, et ses bras y étaient plongés jusqu'aux coudes. Il les retira, les secoua avec dégoût et se tourna vers Dima qui sauta de sa pierre pour s'approcher.

– Qu'est-ce que c'est ? lui demanda Mitia.

– Comme si tu ne le savais pas toi-même ! Une boule de fumier.

C'était vrai. Mitia savait parfaitement ce que c'était et ce qu'il fallait en faire.

Combien m'as-tu volé ? pensa-t-il, en regardant la boule avec une haine. *Tu m'as tout pris, tout ce qu'il y avait...*

Il leva la jambe pour cogner, mais comprit qu'il n'y avait personne. Avec prudence, pour que ses mains ne s'enfoncent pas, il poussa la surface de la boule, qui bougea avec une facilité inattendue, la fit rouler vers le précipice et lui donna une impulsion en avant.

Elle fit quelques mètres sur la pente raide, s'en détacha et disparut. Au bout d'un instant interminable, un « plouf » sonore retentit en bas.

Mitia se retourna et chercha lentement un endroit où s'asseoir, en s'adossant à la pierre.

– C'est bizarre, dit-il après quelques minutes de silence, mais je vois maintenant avec précision que j'avais toujours ce point devant mes yeux. Tout le temps. Je n'ai simplement jamais prêté attention à lui.

– Tu ne savais pas que l'on pouvait y prêter attention, lui expliqua Dima. Et il y a encore beaucoup de choses auxquelles, par ignorance, tu ne prêtes pas attention maintenant.

– Par exemple ?

– Tu aimes lire des livres. Mais ils parlent toujours de quelqu'un d'autre. N'as-tu jamais voulu lire un livre sur toi-même ?

– Je suis seulement en train de l'écrire, reconnut Mitia.

– Qui « je » ?

Mitia se montra du doigt, et Dima ricana.

– C'est une forte exagération, dit-il. Si tu vois ce livre, tu comprendras.

– Et comment le voir ?

– Tu viens de le dire toi-même. Il faut prêter attention.

Mitia ferma les yeux et demeura silencieux pendant un bon moment.

– Je ne peux pas, dit-il.

– Parce que tu penses toujours que tu écris ce livre toi-même, bien que le « toi-même » qui le pense soit probablement ce livre.

Il s'accroupit près de Mitia et chuchota :

– Que se passerait-il si le point bleu se regardait lui-même ?

– Se regardait lui-même ?

Mitia plissa les paupières et son visage se tordit sous la tension, de sorte que Dima se mit de nouveau à ricaner.

– Récemment, tu es tombé dans le puits, vers le bas. T'en souviens-tu ? Maintenant, essaie de tomber droit vers le haut.

Soudain, quelque chose claqua aux oreilles de Mitia, et il se rendit compte que ce n'était plus Dima qui se tenait devant lui, mais quelqu'un d'autre. Et ils n'étaient plus assis sur les rochers d'un petit terrain, mais ailleurs.

De plus, ils n'étaient pas assis, parce qu'il n'y avait rien sur quoi s'asseoir. Ils s'y trouvaient, simplement. À proprement parler, ce n'était pas « ils » : Mitia n'y était plus. Il n'y avait que celui qui le regardait.

C'était une silhouette dans une longue cape brillante (à moins que ce ne fussent des ailes lumineuses pliées). Son visage et ses mains étaient faits de lumière pure, mais on pouvait les regarder, comme d'autres mains ou d'autres visages. Il savait tout, sur cette silhouette ou, plus exactement, elle savait tout sur lui, car c'était la même chose. Elle était lui, mais pas le lui qu'il connaissait.

En réalité, ce qui se trouvait devant lui n'avait ni corps ni forme définie. Mais, pour pouvoir le regarder, il fallait lui donner un aspect quelconque. Une chose seulement était claire : tout ce qu'il y avait en lui de meilleur et de vrai, tout ce qu'il considérait comme essentiel en lui, qu'il s'était efforcé de préserver, toute sa vie durant, des autres et de lui-même, n'était qu'un reflet terne et défiguré de ce qui se tenait devant lui. Tout ce qu'il y avait de mieux dans sa vie n'était rien d'autre que des gouttes de liberté et de bonheur qui sourdaient lentement dans le réservoir inconnu d'un monde où il n'y avait rien à part la liberté et le bonheur. Et, soudain, la porte de ce monde venait de s'ouvrir toute grande.

Mitia comprit qu'il n'était qu'un reflet déformé et incomplet de cet être, son ombre faible et impuissante.

En même temps, il comprit qu'il avait toujours été cet être, et que ce qu'il considérait comme étant lui-même, avant, n'était qu'un reflet de soleil, un rayon de lumière tombé sur une surface en formant plusieurs taches bariolées. Et elles avaient à ce point attiré son attention, qu'il pensait n'être que ces taches mobiles, à moins que ce ne fussent les taches qui pensaient être lui.

Comme s'il était une projection sur un écran et que

l'image se fût soudain retournée, il regarda le point d'où jaillissait la lumière et vit qu'il était le point et la lumière. Il se tourna alors vers l'image et vit que c'était lui également.

L'idée le traversa que l'écran était la cause de tout, mais quand il le regarda, il s'y reconnut aussi. Après cela, il renonça définitivement à essayer de comprendre comment il pouvait tomber sur lui-même et former une image qui était également lui.

Mitia se rendit compte qu'il était vain de tenter d'appeler « soi-même » l'un ou l'autre de ces éléments. Il était à la fois tout et rien. Un simple jeu d'ombre et de lumière observé par celui qu'il était en réalité, bien qu'en réalité il n'y eût aucun Mitia assis sur la surface de pierre froide d'un monde énorme et beau, et adossé au mur d'une saillie irrégulière de la falaise.

Il se leva et regarda autour de lui. Dima n'était visible nulle part. Puis il remarqua une faible lumière tremblante qui apparut furtivement dans la gorge, entre deux rochers. Il pensa que Dima devait se trouver là. Il s'approcha du passage, alluma son briquet et le tendit en avant en enjambant une saillie de pierre qui ressemblait à un seuil. Les rochers se rejoignaient au-dessus de sa tête, en formant une sorte de haute caverne. Mitia vit devant lui une faible flamme, comme si une allumette se consumait entre les mains de son ami.

– Dima ! Où es-tu ? appela-t-il.

Il n'y eut pas de réponse.

– Qui es-tu ? cria Mitia en avançant.

Le petit feu vint à sa rencontre. Au bout de quelques pas, son bras tendu, avec le briquet qui commençait à devenir brûlant, se heurta à un miroir en demi-cercle, apparu on ne sait comment, dans un lourd cadre en bois foncé.

15

Entomépilogue

— En fait, ce que je veux faire, Pacha, disait Sam à Arnold d'une voix de ténor très fine, c'est aller là-bas acheter une caisse et la revendre ici. La peau des fesses, Pacha, voilà ce qu'elles coûtent en ce moment, ces tires. Avec le bénéf, je pourrai m'en payer deux neuves.

Ils étaient assis sur une haute palissade en bois, au début du quai, les jambes pendant dans le vide. Les doigts de Sam s'enfonçaient dans les bandes de plastique latérales de son attaché-case avec une telle force que ses ongles en étaient blancs, et que son visage perlait de gouttes de sueur. Il donnait l'impression d'être terriblement concentré. Il fixait la mer, mais semblait voir quelque chose d'autre à la place.

— Mais il faut le faire avec des *bucks*[1], poursuivait-il, car tout le monde les a vendus maintenant, et ces débiles sont restés coincés avec leurs roubles de merde. Tu comprends, Pacha, je ne vais pas dans le désert, j'ai des gens là-bas. À propos, as-tu besoin d'un permis de chasse ?

— Pourquoi faire ? demanda Arnold.

— Mais pour que ce soit accroché au mur, officiel-

---

1. Mot argotique pour « dollars ».

lement. Si on vient pour piller ton appart, tu l'enlèves et... Réfléchis, Pacha, c'est fort ! Je le fais maintenant pour moi : il faut passer par quatre instances et payer des pots-de-vin partout. Ça revient à peu près à deux et demi. Et puis, j'ai encore une idée...

Un grincement leur parvint du bas. Arnold vit une boule de fumier qui s'approchait de la palissade. Des feuilles vertes et jaunes étaient collées dessus.

C'est l'automne, pensa-t-il tristement.

Un petit garçon courait derrière la boule.

— Ohé, cria-t-il, on vous appelle. On vous demande d'aller vers les tables.

— Qui appelle-t-on ? Et ça vient de qui ? demanda Arnold.

— Je n'en sais rien, répondit le garçon. On m'a demandé de vous dire que Natacha allait mal. Vous ne savez pas où se trouve la plage ? On ne voit rien dans le brouillard.

— Tout droit, fit Arnold en faisant de la main un geste indéfini.

— Merci, répondit le garçon, incrédule.

Il poussa sa boule en avant, et Arnold le suivit pendant quelque temps du regard, en écoutant le marmonnement confus de Sam.

— Et si tu veux, Pacha, divaguait-il, viens avec moi en Hongrie. Le billet coûte soixante dollars. C'est cher, mais cela vaut la peine. Et pense aussi au fusil, c'est un truc costaud...

Arnold le secoua par l'épaule.

— Sam, réveillez-vous !

Sam tressaillit, secoua la tête et regarda autour de lui. Puis il ouvrit sa valise, y cracha un peu de sang dans un petit bocal et le remit à sa place.

— C'est quand même plus intéressant, dit-il de sa

voix normale, d'ici on a une certaine perspective, au moins. Que se passe-t-il ?

— Je ne sais pas, dit Arnold. Natacha va mal.

— Oh Seigneur ! dit Sam. Voilà ! Ça commence.

Il sauta sur le gazon et attendit que le grassouillet Arnold descende à son tour.

— Si vous voulez savoir mon avis, fit celui-ci en atterrissant lourdement sur l'herbe, il faut être dur dès le début, dans de telles situations. Sinon, c'est pire pour tous les deux. Il ne faut jamais donner d'espoir.

Sam ne dit rien. Ils atteignirent le quai et marchèrent en silence vers la terrasse du café.

Une petite foule était rassemblée près d'une table. Dès le premier regard, il était clair qu'il s'y passait quelque chose de mauvais. Sam pâlit et se précipita. Il bouscula les badauds pour se frayer un passage, puis se figea.

Une bande étroite de papier tue-mouches jaune était suspendue au-dessus de la table et se balançait au vent. Quelques petites feuilles et bouts de papier y étaient collés, et, au centre, la tête inclinée, Natacha pendait, impuissante. Ses ailes étaient déployées sur la surface de la bande où elles s'étaient déjà imprégnées de glu empoisonnée. L'une était pliée sur le côté, et l'autre relevée de façon indécente. Sous les yeux fermés, des cernes noirs lui mangeaient la moitié du visage, et sa robe verte qui avait naguère séduit Sam par son aspect brillant et gai, était terne et couverte de taches brunes.

— Natacha ! cria Sam, en se jetant en avant. Natacha !

On le retint. Natacha ouvrit les yeux, vit Sam et tenta d'arranger sa mèche sur le front. Mais cet effort fut trop grand pour elle : son faible bras tomba et se colla à la glu vénéneuse.

— Sam, parvint-elle à articuler, en ouvrant difficilement la bouche, c'est bien que tu sois venu. Tu vois comment...

— Natacha, chuchota-t-il, pardonne-moi.

— Tu t'imagines, Sam, se confessa Natacha à voix basse, je m'entraînais, comme une conne, devant la glace. *Please, cheese and pepperoni.* Je pensais que je partirais avec toi...

Le vent apporta du haut-parleur près de la location des canots des pizzicati de balalaïka.

— Tu comprends, Sam, ce n'est pas en Amérique que je voulais partir, mais avec toi... Je me demandais comment je serais là-bas... Tu te souviens du jour où nous sommes allés nous baigner ? Et maman, tu imagines, elle m'a fait une nouvelle robe avec son rideau. Je ne le savais même pas. J'ai regardé et j'ai vu que la robe était posée sur le canapé. Elle me disait tout le temps : Natachenka, joue-moi encore de l'accordéon, car tu vas bientôt partir pour toujours... Ne lui dites rien... Qu'elle pense plutôt que je suis partie sans lui faire mes adieux...

Natacha baissa la tête et des larmes brillèrent sur ses longs cils.

— Attention, retentit une basse féminine à gauche. Chaud devant !

Une serveuse, un énorme angiome écarlate sur le visage, sévère comme le Destin, s'approcha de la table. Elle tenait dans la main un plateau en aluminium avec une inscription peinte en rouge : « 3e brigade ». Elle le posa sur la table, y jeta les restes de nourriture contenus dans les assiettes, puis, d'un geste rapide de la main, elle arracha le tue-mouches avec Natacha, le froissa en une petite boule jaune et le jeta parmi les détritus. Des inconnus retinrent Sam. La serveuse fixa une nouvelle bande de papier insecticide, saisit son plateau et s'en alla vers la table suivante. Les chalands se mirent à circuler, mais Sam demeura là, immobile, à fixer la bande jaune collante.

— Venez, Sam, lui dit Arnold, à voix basse. Vous ne pouvez plus rien faire. Venez. Il vous faut un remontant. Allons chez Arthur. Il a emménagé dans la maisonnette du regretté Archibald. Il y a installé deux citernes et un fax. C'est calme et sympa là-bas. Et je vous en supplie, ne regardez pas ce tue-mouches… Sam, laissez passer le monsieur…

Sam s'écarta d'un pas, et une silhouette bizarre passa à côté de lui. Il portait une sorte de cape argentée, dont le bas traînait par terre, à moins que ce ne fussent de lourdes ailes pliées derrière le dos.

Deux grosses boules de fumier inhabituelles, tirant sur le rouge, roulèrent dans deux sens différents le long du quai désert. Au loin, dans une chaise longue, une autre boule de fumier, noir roussâtre, était à moitié allongée. De plus près, on pouvait distinguer une grosse fourmi rousse dans un uniforme bleu marine. Son béret portait *Ivan Krylov*[1] en caractères dorés, et sa poitrine ressemblait à un arbre de Noël de décorations. Il tenait à la main une boîte de conserve ouverte et léchait la saumure d'une saucisse humanitaire américaine. Sur le parapet, devant lui, était posé un petit téléviseur portable à l'antenne duquel un petit fanion blanc était attaché. Sur l'écran, une libellule dansait dans le cercle lumineux des projecteurs de poursuite[2].

---

1. Célèbre fabuliste russe (1769-1844), auteur de plusieurs adaptations de fables d'Ésope et de La Fontaine.
2. La variante russe de *La Cigale et la Fourmi* s'appelle *La Libellule et la Fourmi*.

Un vent froid se leva et la fourmi releva le col de son caban et se pencha en avant. La libellule fit quelques entrechats, déploya ses longues et belles ailes et se mit à chanter.

> De réponse, à personne
> Ne soufflerai.
> À personne, sauf à toi.

La nuque de la fourmi, fouettée par les fins rubans noirs aux ancres déteintes qui flottaient au vent, s'injecta de sang foncé.

Dmitri[1] mit les mains dans ses poches et poursuivit son chemin. Une écaille se détacha de son aile et, balancée par le vent, atterrit sur le béton couvert de feuilles. Elle était grande comme une paume. L'une de ses extrémités était lilas et fendue en quelques franges plus foncées. L'autre était blanche et culminait harmonieusement en un point lumineux.

> Demain, je volerai
> Dans l'été ensoleillé
> Et ferai ce que bouddhrai.

---

1. Rappelons que Mitia et Dima sont les diminutifs de Dmitri.

Table

1. La forêt russe........................ 9
2. Initiation........................... 27
3. Vivre pour vivre 42
4. L'aspiration d'une phalène vers le feu .. 57
5. La troisième Rome 72
6. La vie pour le tsar................... 88
7. À la mémoire de Marc Aurèle......... 99
8. Le meurtre d'un insecte 114
9. Le cavalier noir..................... 130
10. Vol au-dessus d'un nid d'ennemis...... 149
11. Le puits 164
12. Paradise 176
13. Trois sentiments de la jeune mère...... 194
14. Le deuxième monde 212
15. Entomépilogue..................... 225

DU MÊME AUTEUR

La Vie des insectes
Seuil, 1995
et « Points », n° P412

Omon-Ra
Austral, 1995
Mille et une nuits, 1998

La Flèche jaune
Mille et une nuits, 1996
Denoël, 2006

La Mitrailleuse d'argile
Seuil, 1997

L'Ermite et Sixdoigts
Jacqueline Chambon, 1997
Le Rouergue, 2003

Un monde de cristal
Seuil, 1999

Ontologie de l'enfance
Le Rocher, 2000

Homo zapiens
Seuil, 2001

La Critique macédonienne de la pensée française
Denoël, 2005

Minotaure.com : le heaume d'honneur
Flammarion, 2005

Le Livre sacré du loup-garou
Denoël, 2009

RÉALISATION : NORD COMPO À VILLENEUVE-D'ASCQ
IMPRESSION : CPI FRANCE
DÉPÔT LÉGAL : SEPTEMBRE 1997. N° 32446-4 (2041408)
IMPRIMÉ EN FRANCE